W0364442

KOCAN KADAR KONUŞ

ŞEBNEM BURCUOĞLU

DEX PLUS

Bilge ve Aydın Burcuoğlu'na

I

KOCAN VARSA VARSIN. YOKSA GEÇMİŞ OLSUN.

"Saadetimi fark etmiyor musun a sersem?"

"Ayy kocaman bir ahtapot çıkmış üç bacağıyla! Bak, fincanın tam ucunda, görüyon mu?"

"Üç bacaklı ahtapot mu olur Aysel Teyze?"

"Üç kişi ağız ağıza vermiş, arkandan konuşuyo. Bu aralar sakın herkese her şeyini anlatma."

"İş yerinden mi bunlar?"

"Kesin. Hele içlerinden biri fesatın önde gideni. Böyle sarışın, köpek başlı, yılan kuyruklu biri."

"Mitolojik bir kişilik yani."

"Onu bilmem. Ama içini ferah tut. Ak saçlı ve ak sakallı bir dede var arkanda."

"Gandalf?"

"O ne kız?"

"Boş ver. Eee, adam ne yapıyor arkamda?"

"Başına çok hayırlı bir olay gelcek iki vakte. Onu müjdeliyo."

“Niye arkamdan müjdeliyor? Yüzüme söyleyeydi. İki vakit derken?”

“İki gün, iki hafta, iki ay...”

“Hep net bir insan oldun Aysel Teyze.”

“Bi de yakın zamanda yüreğin kabaracak. 1.80 boylarında, kumral, hoş bir çocuk var. Takım elbiseli. Yurt dışında eğitim görmüş. Arkasında kısmetiyle geliyor. Vallahi yumurta gibi çocuk. Çöpsüz üzüm. Anası yok, kız kardeşi yok.”

“Öksüz yani.”

“Kız onu demiyom, dert almican yani başına. Kaynanayla, görümceyle uğraşmican.”

“E belki severdim görümcemi?”

“Hangi görümce sevilmiş bugüne kadar? Elti eltiden kaçar, görümceler bayrak açar. Çok yakın zamana geliyo bu çocuk. Dizlerinin üzerine çökmüş. Elinde nah bu kadar bir yüzük. Bak bak, görüyo musun, şurada tam. Anaaamm, hem tam tur hem de üç taş çıkmış. Ben sana diyim, bu işin sonu evlilik. Önümüzdeki seneye kalmadan hem de. Başınızın üzerinde beyaz güvercinler uçuyo.”

“Ben evlenmeyi düşünmüyorum. Son derece bekarım.”

“Kız! Deli deli konuşma. Erken kalkan yol alır, er evlenen döl alır.”

“Aysel Teyze bu muhabbet çok iğrenç mecralara yol alıyor.”

“Böyle adında A var, B var, R var...”

“Abdurrahman?”

“Anahtar da görüyom. Dur, tabağına da bakiim, bi dilek tut.”

“Tuttum.”

"Oh oh, tez zamanda gerçekleşiyo. Hanenize de ay doğmuş. Sizin eve böyle haftada bir gelen kim var?"

"Sen geliyorsun Aysel Teyze."

"Hakkat senden adam olmaz. Haydi git yıka şu fincanını. Bulaşık makinesine koyma sakın, elde yıka! Sen böyle her şeye çat çat cevap ver, bok bulursun kocayı."

"E demin buluyorsun dedin?"

"Gönül, al şu çivi dilli kızını başımdan Allasen."

Elimde kahve fincanıyla mutfağın yolunu tutuyorum. Bordrolu elemanımızmış gibi haftada bir evimize gelen Aysel Teyze'ye fal baktırmam için evdeki tüm kadınlar seferber oldu. Annem, anneannem, iki kız kardeşim, teyzem ve onun iki kızı yıllardır fal baktırayım diye vır vır vır söylenir. Bu kötü huylu kitle artık rahata ermiştir umarım. Hiçbir tedaviye cevap vermiyorlar. E şimdi fal baktırdım da ne oldu? Başıma neler geleceğini elin Aysel Teyze'si nereden bilir?

Anneannem mutfakta çay demliyor. Ocağın yanındaki lavabonun önüne geçip musluğu açıp kahve fincanıyla tabağını yıkamaya başlıyorum.

"Kızım ne zaman mürüvvetini göreceğim ben senin?"

"Anneanneciğim başımın etini yiyordunuz fal baksın Aysel Teyzen diye. Al baktırdım, kısa zamanda evleniyormuşum, gözümüz aydın."

"Dalganı geç sen. Aç gözünü de çevrene iyice bak alıcı gözle. Bulamayacaksın birini yoksa."

"Niye bulamam anneanne? Çapsız mıyım ben?"

"Yok kızım da... Sevimsizsin. Çok iğneli dilin. Erkekler böyle kızları sevmez. Elinden bir şey yapmak da gelmiyor. Yemek yapamıyorsun, çay bile demleyemiyorsun."

"Ayaküstü hakaret ediyorsun ama anneanne!"

"Yirmi dört saat elinde kitap var. Oku oku, üç gram aklın da allak bullak oldu. Kaldır şu kitapları. Bak gör, okumayınca daha mutlu olacaksın. Başın bacadan çıktı artık. Armudun sapı, üzümün çöpü diye diye yılların geçti."

"Ve ben 58 yaşıma geldim?"

"Kızım 30'una geldin. Resmi olarak evde kaldın."

"Neye göre resmi ya?"

"Ciddiye al dediklerimi. Kadınsı davran biraz. İşveli, cilveli ol. Erkek çocuk gibi altında aynı kot, spor ayakkabılar, öyle dolanıyorsun ortalıkta. Biraz makyaj yap, dudağına bir ruj sür bari. Şu ailede İzmirli olmayan tek İzmirli sensin."

"Anneanne şimdi konuşturma beni, siz çok iyi evlilikler yaptınız sanki."

"Edepsizleşme, attırma benim asfalyalarımı. Lafımı dinle. Ölmeden birinizin mürüvvetini göreyim bari. Böyle kısıkta dursun ateş. Bardakları da tepsiye diz. Ağzına kadar da doldurma çayı, döküyorsun getirirken her seferinde. Ben içeriye geçiyorum."

Ölmeden evlendiğimi görecekmiş... Ay ve güneşe rakip 'Çaput' isimli, ışık kaynağı bir gezegen daha ortaya çıkacakmış. Aman ölmeden onu da gör!

Demliğin kuş gagası gibi ağzından dumanlar çıkmaya başlayınca çayları ince belli bardaklara koyup tepsiye diziyorum. Ne var, demledik işte çayı. Mütevazı evimizin mütevazı salonuna geçiyorum ve çayları servis etmeye başlıyorum. İnce bellilerin devir teslim töreni bitince, annemin bir türlü vazgeçemediği, iskeleti ruhundan ayrılmış, ben diyeyim on, siz deyin on beş kere kumaşı değiştirilmiş, an itibariyle koyu yeşil kadifelere bürünmüş koltuk takımımızın tekli koltuğunda sopa gibi dimdik bir şekilde yerimi alıyorum.

Karşımdaki üçlü koltukta kız kardeşlerim Ceren ve Tuğçe, kuzenlerim Merve ve Alara ile birlikte bitişik nizam sıkışmış, pis pis sırıtarak bana bakıyorlar. Ailenin ayrık otu bendeniz bunca yıl fal baktırmaya karşıydım ya, kalem yıkıldığı için hepsi halinden pek memnun.

Tam yanımdaki tekli koltukta Aysel Teyze var. Kendi teninin renginden üç ton koyu ten rengi çorabını tamamlayan kırmızı Ceyo terlikleriyle stilini konuşturuyor. Aysel Teyze'nin bıyıkları da var fakat bu konuya gerçekten girmek istemiyorum şu anda.

İnsanda "Madem bu koltuk takımını yeşil kadife kaplattın, o ikili koltuk için neden pembe-mor çiçekli bir kumaş seçtin?" diye bir soru sorma isteği uyandıran diğer koltukta oturan annem Gönül ve anneannem Peyker kırmızı rujlu dudaklarını büzüştürerek bakışlarını bana sabitlemişler.

Hepsinin aklından aynı şey geçiyor: *Bu kız evlenebilecek mi?* Ne yapsam değiştiremiyorum gündemi. Hayır, evlenmek için yanıp tutuşan bir tip olsam neyse. Evliliğin yakınından bile geçmiyorum. Fakat serde İzmirlilik var ya, ille de bir gün aile kurmamız gerekiyor. Bir aile kurup her akşam ot yiyeceğiz, kaküle kırpma, çekirdeğe çiğdem, çamaşır suyuna klorak diyeceğiz. İdeal resim bu.

İzmir'de işler sarpa sardığı için yıllar önce İstanbul'a taşınmışız. Gelin görün ki evde hâlâ

İstanbul'un dünyanın en sevimsiz, İzmir'in de dünyanın en güzel şehri olduğu (çünkü dünyadaki bütün metropolleri ailecek gezdik gördük ya!), İstanbulluların kaypaklıkları, İzmirlilerin dost canlısı halleri konuşulur.

Türk kadınlarının doğdukları andan itibaren DNA'larına kodlanmış olan 'evlenme saplantısı' ne yazık ki bizde daha yoğun yaşanıyor. Millete aileşinden genetik miras olarak mavi göz kalır, bize de bu evlenme saplantısı kalmış. "Sinek kadar eri olanın dağ kadar feri olurmuş" atasözü, anneannem Peyker'in lafıdır, yani o sözü söyleyen ata, bizzat benim anneannem. Yani kocan varsa varsın, yoksa da geçmiş olsun. Kocan kadar konuş kızıaam!!

Hele ki bir de 30'una gelip de bekar kaldıysan bu dünyada yatacak yerin yok.

Ben bekar halimden memnun olamaz mıyım? Belki gerçekten seviyorum yalnızlığı? Sadece iyi bir kısmet bulmak için mi yaşamam gerek?

Bu mudur yani ideal tablo: Eğitimim sırasında özellikle mühendislik bölümünde okuyan ve gelecek vaat eden burslulara konsantre oluyorum. Ne de olsa okulun en güzel kızı ve en yakışıklı erkeğinden ileride bir cacık olmayacak, burslular en üst kademelerde yöneticilik yapacaklar, değil mi? Okul bittikten sonra koca bulmak için işe giriyorum. Kazandığım tüm parayı kendime yatırım yapmak adı altında henüz hayatıma girmemiş kocam için harcıyorum. Koca bulabilmek için makyaj yapıyorum, saçıma her gün fön çektiriyorum, yemek kursuna gidiyorum, aman kocamın eli sıkı bir popoya değsin diye manyak gibi spor yapıyorum.

Haydi kocayı buldum diyelim, geçmişime beyaz bir perde gibi çekeceğim dapdaracık straplez gelinliğimin içinde nefes alamadığım, dünyalar prensesi bir geline dönüşüyorum. Düğünü takiben, yurt dışında egzotik bir adaya tatile gidiyoruz. Tatil esnasında Facebook, Twitter ve Instagram'a yeterli sayıda egzotik ada, ananaslı kokteyl ve denizin önündeki şezlongda uzanırken sadece ayaklarımızın göründüğü fotoğrafları yüklüyorum. E tabii, maksat o fotoğrafları evlenen-evlenemeyen kız arkadaşlarımın, eski sevgililerimin, eski sevgililerimin sevgililerinin ve benim hoşlandığım ama bana yüz vermeyen TÜM adamların görmesi. Hem zaten kimsenin gözüne sokmayacaksam neden evlendim ki?

İlişkimizdeki heyecanı korumak adına işten gelen kocamı aydınlık bir gülümsemeyle bir gün hemşire, bir gün tavşan kız olarak kapıda karşılıyorum. Çok zengin bir koca bulduğum için sadece avokadoyla beslenerek, hamileliğim öncesinde, sırasında ve sonrasında kiloma ve bakımıma dikkat ediyorum.

Ay yeter, insaf!

Beyin bir hobi değil, bir organdır. Fırsatlarla, sürprizlerle ve heyecanlarla dolu şu koca dünyada isteyecek başka şeyim, kuracak hayalim yok mu benim? Bilmem fark ettiniz mi, bahsettiğim senaryoda evlendiğim adamla ortak olan tek özelliğimiz, aynı gün evlenmiş olmamız.

Peki bu evlilik saplantısının temel çalışmaları ne zaman atılıyor? Bu sorudan kastım, Türk kızının geçmişinin daha da derinlerine inmek gerektiğini düşünmemdendir.

Gerçek şu ki, Türk kızının altındaki bezi atıp, lazımlığa oturmaya başladığı an ile çevresindeki tüm kadın akrabaların onun adına iyi bir kısmet dilemeye başladığı an aynıdır. Türk kızının yaşı büyüyüp serpildikçe evlilik dilekleri de kendi içerisinde bir evrim geçirir. Mesela, tutuştururlar eline boya kalemlerini, "Kalp çiziyom, içini boyuyom" diye farkında olmadan ilk Hıdırellez'ini kutlar Türk kızı. Unutmayalım ki çok tekrarlanan olaylar, beraberinde gizli bir bağımlılık yaratır. Üzerinden yıllar geçer, kızımız bir de bakar ki her Mayıs başında kafasının içinde niye çaldığını anlamadığı bir alarm biplemeye başlamış. Hıdırellez alarmıdır bu. Bu sefer, kendini deli gibi dergilerden gelinle damat keserken bulur. O gelinle damadı denize atarken de bir damla yaş süzülür gözünden.

Evlenemediyse Telli Baba'ya, hâlâ evlenemediyse Aya Yorgi'ye, hiçbir umut yoksa Eyüp Sultan'a götürülür. Baktılar ki tık yok, bu demektir ki biri bu kıza büyü yapmıştır. Evlenene kadar kulağında nereden geldiğini bilmediği bir uğultu dolanır. Bu uğultuyu ilk başta orta kulak iltihabı sansa da uğultunun "İste kızım iste. Allah istedikçe verir" uğultusu olduğunun farkına geç varır.

E bunca yıl, bu gazla hayatının bir köşesine evlilik idealini yerleştirmeyip de ne yapacak bu Türk kızı?

Türk kızının en moderninin annesi bile gün gelir kızının mürüvvetini görmek ister. Şahsen ben, "Kızım evlenmesen de olur, çocuk istiyorsan ya evlatlık alırsın ya da sperm bankasına başvurursun" diyen bir Türk anne tanımadım. Bir de ismine anneanne ve babaanne dediğimiz, sizin evlendiğinizi görmeden ölmek istemediğini söyleyip, her ortamda ağlayabilme yetisine sahip, Oscar'lık bir grup insan yaşar.

Zor dostum zor...

Sırf kocası çalışan kadın seviyor diye işe girip çalışmaya başlayan kız tanıyorum ben. Zift gibi esmerken adam istiyor diye sarışın olanlar, kocasının adını orasına burasına dövme yaptıranlar, biriyle çıkmaya başlayınca bir gün evleniriz umuduyla ileriye yatırım amaçlı olarak kendini dünyadan soyutlayıp eşini, dostunu bir kalemde silip atanlar...

Daha manyağı da var: kız kardeşim Tuğçe'nin bir arkadaşı zengin bir çocukla evlenecekti. Kız çok pahalı bir gelinlik beğenmiş. Çocuk demiş ki "Gelinlik köpeğin olsun aşkım, al hemen." Nedense hep de o en pahalı gelinlik beğenilir tabii. Neyse... Düğün bitti, Tuğçe de bana fotoğrafları gösteriyor. Kızın gelinliğine bakıyorum, önü kısa arkası kabarık, abuk sabuk bir şey. Kız gelinliğin içinde dolmalık biber gibi duruyor. "Bu muymuş pahalı gelinlik?" diye sordum. "Yok, o ilk baktığını almadı, kendi mahallesindeki Zıttırık Butik'ten aldı gelinliğini" dedi Tuğçe. "Niye Zıttırık Butik?" diye sordum. Niyeymiş biliyor musunuz? Kız aynen şunu demiş: "Ben şimdiden çok harcayıp da onun gözünde müsrif bir kız imajı çizmek istemem. *Benim karım en pahalısını alabilecekken azla yetinmeyi bilir* demeli kocam. Sonra zaten çıkarırım acısını."

Pes. Ruh ve sinir hastalıklarında gelinen son noktadır bu.

Neden 30 yaşına gelmiş, işi gücü yerinde, eli yüzü düzgün her Türk erkeği, kadınlar için potansiyel koca olduğunu düşünür? Adamların burnu niçin Kaf Dağı'nda? Neden seçip, karar verip, eyleme geçen biz olmuyoruz da kırık yumurtadan kafasını az önce çıkartmış civciv gibi, erkeklerin onlarla evlenmek isteyeceği anın gelmesini bekliyor Türk kızı? Çünkü kafa kodlanmış bir kere evliliğe. Kız konsantre olamıyor ki bu hayatta gerçekten ne istediğine! Bu Türk erkeklerinin kıçını bu kadar kaldıranlar yine Türk kadınlarıdır. Bir "höt" deyin arkadaşlar. Ağırlığınızla davranın. Adamların ağzının içine düşmeyin bu kadar. O kadar "meleklerle yaşama", "evrene doğru mesaj verme" ve bilumum benzeri kurslara gidiyorsunuz, bunlarla ilgili kitaplar okuyorsunuz da siz gelişirken adamlar halen Neandertal evrede. Siz daha o çakraları açmaya çalışın.

Bizimkiler de evlilik konusunda beni zehirlemeye çalışıyor. Otuzuma girdiğimden beri ailede bir olağanüstü hal durumu hakim.

Ama yemezler.

Benim önceliğim, evlenme olayının ötesinde sağlıklı bir ilişki kurabilmek. Sağlıklı ilişki derken, beni evden ambulansla alsın, ayağımızda galoşlarla dolaşıp sabah akşam tentürdiyot içelim demiyorum. Bir erkeğin varlıklı, yakışıklı ve popüler olması değil, kafa yapısı önemlidir benim için. Kısacası yanında olduğum gibi davranabileceğim birini arıyorum. Çünkü bir ilişkideki en önemli şey şeffaflıktır.

Eğri oturup doğru konuşayım. Ben, nasıl desem, öyle "vay anasını" dedirten güzellikte bir kız değilim. Kız kardeşlerim Tuğçe ve Ceren maşallah birer sarışın bomba. Annem de çok güzel. Açık konuşayım, anneannemle yan yana sokakta yürüsek bana değil, ona kayar gözler. Bu kadınların hiçbiri manikürü, pedikürü, fönü es geçmezler. Bense ruj bile sürmem.

Kumral saçlarım ve 1.60'lık boyumla şansım onların yanında epey az. Kendi anneannem bile sevimsiz olduğumu söylüyor, daha ne diyeyim?

Ah az kalsın unutuyordum, ailemizin iki efsane üyesi daha var: anneannemin kardeşleri Üresin ve Türesin. Şaka yapmıyorum, bunlar gerçek isimleri. Çocuğunuza bu isimleri kat karşılığı mı koydunuz arkadaş? Yazık be... Her neyse, anneannemin annesi Nebahat, ikizlere talip olan hiçbir damat adayını yeterli kalifikasyonda bulmadığı için Üresin'le Türesin evde kalmış. Şimdi ikisinde birden hafıza kaybı başladı. İsim ve adres kartları hazırlayıp, sutyenlerine diktik. El ele dolanıyorlar sokaklarda.

Bizimkiler bu kadar "iyi kısmet" delisi ama kendileri de süper evlilikler yapmışlar diyemem. Anneannem Peyker, sokaklarda beş parasız gezen Mücahit dedeme âşık olmuş. Dedemi geçtiğimiz yıl kaybettik. Annem de tren kazaları davalarına bakan babama vurulup evleneceğim diye tutturmuş. Annemler evlendikten 9 ay sonra da ben doğmuşum. Ne demişler? Aşk sözle başlar, dudak ile beslenir, dokuz ay sonra "baba" diye seslenir. Gerçekten de ağzımdan çıkan ilk kelime "baba" olmuş.

Teyzem Nur, aklından zoru olan bir ressamla evden kaçmış. Beş yıl evli kalmışlar. Bir gün teyzem, aldatıldığını öğrenmiş. Adamdan boşanana kadar canı çıktı. İki kızı var, kuzenlerim 21 yaşındaki Alara ve 23 yaşındaki Merve. Merve 13 yaşına kadar altını ıslattı. Bu yüzden ona Sidikli deriz. Bebek gibi konuşur, tokası, kazağı, çorabı, ayakkabısı, çantası bir örnek gezer. 23 yaşına geldi, bir gram gelişme yok zekasında. Ama o bile benden önce evlenecek, demedi

kadar derinden yaşayan biri olmasaydı, bu kitabı yazamazdı. Kendisi benim hem idolüm hem de hayali arkadaşım. Diyeceksiniz ki "Sen şizofren misin, ölmüş adamla arkadaşlık mı yapıyorsun?" Akli dengem yerinde şükürler olsun ama baktım ki kafama göre birini bulamıyorum ben de Sabahattin Ali'ye sığınmaya karar verdim. İnsanlar para ve statü uğruna bir başkasına hayatını adarken benim Sabahattin Ali'yle arkadaşlık etmem çok saçma bir şey olmasa gerek.

Gün içinde Sabahattin Ali'yle hayali olarak konuşsam da konuşmasam da bu kitabın diyalogları hep aklımda dolanır. Başıma gelen her olaya cuk oturan bir *Kürk Mantolu Madonna* sözü bulurum mutlaka. Bu kitap, bana gerçek aşkın bir gün yaşanabileceğiyle ilgili umut verir. Zaten iyi ki kitaplarda aşkın varlığını anlatıyorlar, yoksa gerçek hayatta kendisine ulaşmak bir hayli meşakkatli...

Size adımı söylemedim henüz.

Adımızı başka birileri koymuş olsa da, zaman içinde o adın anlamının karakterlerle bütünleştiğini düşünürüm hep. Adlarıyla barışık olmayanlarsa hayatla barışık değil gibi gelir. Adım, "büyü" anlamına geliyor. Sihir anlamında değil de büyümek anlamında yorumluyorum ismimi. Sanki biraz daha büyümeye ihtiyacım var.

Merhaba, ben Efsun.

II

DENİZANASI

"Bir insana bir insan herhalde yeterdi. Fakat o da olmayınca?"

Mitolojiyi çok severim. "Apollon'la Heliotrope" hikâyesini okudum az önce. Zarif ve ince boyunlu bir peri olan Heliotrope, Apollon'a âşık olur. İlk zamanlar Apollon da onu delicesine sever ama kız çok üzerine düşünce bu ilişkiden sıkılır. Heliotrope de üzüntüsünden eriyip, toprağa karışır. Apollon bir süre duygusuz bir öküz olarak ortalıkta dolanır fakat zaman geçip beynine oksijen pompalandıkça içine bir acı oturmaya başlar. Bir gün Apollon, sevmekten vazgeçtiği ölü aşkının bedenini topraktan çıkarıp, onu bir çiçeğe dönüştürmeye karar verir. İster ki çiçek yüzünü Apollon nereye giderse ona dönsün.

Bu, mitolojide günebakan çiçeğinin yaratılış hikâyesi. Günebakan deyince daha romantik gelebilir ama günün sonunda Apollon hıyarı, kızı bildiğin ayçiçeğine dönüştürmüş. Önce sevmiş sonra sıkılıp kızı kanser etmiş. Bununla da yetinmeyip, "Bu kızı mezara soktum ama iyi kızdı be, benimle de ilgileniyordu" deyip, kendi ne yöne giderse gitsin, kızı, kafasını kendinden yana çeviren bir bitkiye dönüştürmüş. Allah bilir Apollon, ayçiçeğinin çekirdeklerini de yeşil tarlalarda yeni kız arkadaşlarıyla birlikte çitlemiştir. Heliotrope'ye mezarında bile rahat yok...

"Efsuuuuunnnn, kızım koş!"

Saate bakıyorum, yedi buçuk. Amanın, zaman nasıl geçmiş, bir saat sonra Timur'la buluşacağım! Acil hazırlanmam lazım.

"Efsuuuuunnnnn!!!"

Niye beni çağırıyor annem? Heliotrope'ye mezarda, bana da evde rahat yok. Yataktan doğrulup salona uzanan koridora çıkıyorum. Nur teyzem salonda. Bir kutlama var sanırım. Annemin ağzı kulaklarında.

"Efsuuunn, Merve evleniyor!!!"

Annemin yüzüne bakarken gözlerimin şaşılaştığını hissediyorum. Benim kuzen? Sidikli Merve? 23 yaşındaki? Bu kız ne zamandır biriyle çıkıyor ki? Bu yaşta evlilik mi olurmuş? Ailedeki tüm gelişmelerden ne zaman bu kadar koptum ben?

"Evleniyor mu? Kiminle?"

Nur teyzem derin bir nefes alıp ballandıra ballandıra anlatmaya başlıyor.

"Merve altı aydır bir çocukla flört ediyordu. Çocuk hoş, iyi okumuş, ay bir de zengin! Gözlerini görsen, yemyeşil. Otel havuzu yeşili. Hem de beş yıldızlı otel! Sen bu kalk, bizimkine evlenme teklif et dün gece! At nalı kadar bir yüzükle hem de! Bak, yüzüğün fotoğrafını çektim."

Fotoğrafa bakıyorum. At değil, fil nalı. Ben şoktayım. Teyzem nefes nefese anlatıyor.

"Çocuk demiş ki, beklemeyelim hemen düğünü yapalım. Bu ay sonunda da çocuğun babaannesinin köşkünün bahçesinde düğünü yapıyoruz."

"Bu ay sonu dediğiniz dört hafta sonra?"

Alt yazı geçiyorum: Merve kesin hamile.

"Şaka maka evleniyor benim kız!"

"İnsanları davet etmek için vakit yok ama."

"Ay Efsun, çocuğun ailesi öyle istemiş. Neyse ne. Düğünümüz var işte! Hemen elbise bakmaya başlayalım!"

Ben sevinemedim sanırım. İçimde en ufak bir mutluluk yok. Neden acaba? Merve'yi mi kıskandım? Yok artık, çüş! Başımı eğip fısıltı moduna geçerek çaktırmadan anneme soruyorum.

"Anne, Merve hamile mi?"

"Değil. Sekiz tane test yaptık."

"Beraber mi yaptınız? Ve neden sekiz?"

"Biz de gördük yani sonucu. Nur kırardı bacaklarını hamile olsaydı."

Belli ki sekiz gebelik testinin sekizi de negatif çıkınca Nur teyzeme bir rahatlama gelmiş.

"Çocuk nasıl güzel bir şekilde evlilik teklifi etmiş Efsun, inanamazsın."

Hikayeyi herkes dinlemiş, orası net. Bıraksan, sabaha kadar on dört posta anlatır. Haydi gönlü olsun, bir tarafı şişmesin.

"Ay çok merak ettim, nasıl etmiş?"

"Bunlar Boğaz kenarında bir restoranda akşam yemeği yiyorlarmış. O sırada denizin açığında bir tekneden havai fişekler falan atılmaya başlamış. Ardından da çocuk, Merve'ye Boğaziçi Köprüsü'ne bak diye işaret etmiş. Merve bir de bakmış ki lazer şovla

"Merve, aşkım, evlen benimle!" yazıyor. Bütün restoran ayağa kalkmış tabii. Merve şokta. Çocuk dizlerinin üzerine çöküp yüzüğü vermiş. Ayy ben bunu bir evlilik dergisine göndereyim, kesin yayınlarlar!"

Ya bildiğin kıro. Bence bir şey ne kadar abartı olursa gerçeklerden o kadar uzaklaşır. Ah bu evlenme teklifi denen nane... İlle de olmalı. İlle de çok değişik olmalı. Hatta mümkünse lazerli olmalı. Hatırlıyorum, ofisten bir arkadaşım, sevgilisine Mersin'deki Cennet-Cehennem mağaralarında evlenme teklifi etmişti. İnsan niçin kireçtaşından oluşan, yerin 70 metre dibindeki bir plato içerisinde evlenme teklifi eder? En ilginci onunki olsun diye! Mağaranın tam 453 tane basamağı varmış. Bunlar inmesine inmiş de yukarı çıkarken kız 150. basamakta fenalaşmış. Mersin sıcaktan kavruluyor tabii. Evlenme teklifi Mersin Devlet Hastanesi'nde sonuçlanmış.

"Gerçekten müthiş bir teklif olmuş teyze. Hayırlı olsun. Eee, ne zaman istemeye geliyorlar Merve'yi?"

"Ay bugün ne? Pazar değil mi? Bu Cuma geliyorlar ayol! Efsun, yüzük resmen bir kaya parçası değil mi! Ağlayacağım şimdi. Hatta çağır bakayım Merve'yi buraya. Yemekten geldiğinden beri telefonda. Müjdeyi veriyor arkadaşlarına. Ben size gelirken yüzüğün fotoğrafını yüklüyordu Facebook'a."

"Yuh, Facebook'a mı yüklüyor?"

Annem kaş göz işaretiyle *Ben sana göstericem sonra* bakışı atıp düşünce gücüyle uzaktan kolumu çimdiriyor.

"Ay koyacak tabii, görsün cümle alem. Ne var? Kapı çalıyor, Merve galiba. Açıversene Efsuncuğum."

Kapıya doğru ilerlerken hâlâ neden bu kadar çok

şaşırdığımı düşünüyorum. Neyse canım, sidikli midikli, kuzenim mutlu olsun isterim.

Evden çıkmam gereken saate gelene kadar evlenme teklifini farklı versiyonlarla altı kere anlattı Merve. Her anlatışından sonra bizimkiler aynı soruları sordu. Ve ben kendimi dışarı zor attım.

Timur'la otobüs durağının orada buluşacaktık. Tam yarım saat oldu geleli, çocuk ortada yok. Yağmur çiselemeye başladı. Merve evleniyor. Allah Allah... Bir erkek Merve'yle neden evlenir ki? Üç yıla kalmaz boşanırlar. Aman, sanki benim üstüme vazife. Haydi, ağaç oldum ya...

"Minik tavşan!"

İki el, sımsıkı bir şekilde arkamdan belimi kavrıyor. İçim bir hoş oluyor.

"Çok beklemedin, değil mi? Ofisten çıkamadım bir türlü. Bulaşık süngeri için metin yazıyorum da... Tamamen kopmuşum dünyadan."

Timur, bir reklam ajansında metin yazarı olarak çalışıyor. Bir bulaşık süngeri için metin yazmasının sebebi bu, aklınıza başka şeyler gelmesin. Geç kalmasının ise belirli bir sebebi yok çünkü şimdiye kadar dört kere buluştuk, dördünde de bekletti beni. Ayıp denen bir şey var diyeceğim fakat her karşılaşmamızda bana gülümsediği anda kızgınlığımı unutuyorum.

Şu "minik tavşan" benzetmesine bir hayli kılım fakat kabul etmeliyim ki ağzı iyi laf yapıyor. İnsanın altından girip üstünden çıkan tiplerden. Dilbaz.

Ne zaman arasam ya telefonunu duymuyor ya da telefon kapalı. Gelin görün ki benim yanımdayken de o telefon elinden düşmüyor. Anladığım kadarıyla geçmişindeki kadın defteri de bir hayli kabarık. İkinci buluşmada sinemaya gittiğimizde çocuğun eli kolu durmamıştı. Önceki hayatında bir ahtapot olması kuvvetle muhtemel. Falda çıkan ahtapot bu olmasın?

Diyeceksiniz ki "Kızım bu çocuk arıza". Evet, arıza olabilir ama beni genelde arızalar bulur zaten. Alnıma böyle yazılmış. Ayrıca arıza da olsa derinliği olan bir çocuk. Felsefe mezunu. Onunla konuşurken vakit su gibi geçiyor.

"Efsun, İstanbul Kart'ını iki kere bassana, ben yanıma para almayı unutmuşum"

Basayım minik tavşanım. Zaten dört buluşmadır paraları ben basıyorum. Bas bas paraları Timur'a. Zerre kadar da gocunmam ama. İlle de erkek kızı çekecek diye bir kural yok, değil mi?

Beşiktaş Çarşı'da köhne bir meyhanedeyiz. Burada yemek yeme fikri ondan çıktı. İnanın ki beni lüks bir yere götürmeyi teklif etseydi bütün heyecanım kaçardı. Çünkü başta insanları olmak üzere o tarz yerlerdeki her şey yapmacık geliyor bana. Beşiktaş Çarşı ise samimi bir yer. Bakın, ne futboldan anlarım ne futbolu severim ama Çarşı taraftarına saygım vardır. Bir keresinde gazetede okumuştum, Plüton gezegenlikten çıkarılınca "Hepimiz Plüton'uz" diye bir pankart açmışlardı maçta. Adamlar yaratıcı.

Gözüm masadaki tabağın içinde duran limona takılıyor. Benim bir limon teorim var. Misal, geldiğiniz restoran orta karar bir yer ise, aynen şu an olduğu gibi, limonlar çıplak, ortadan ikiye kesilmiş bir şekilde tabağa dizilir. Daha fanfirikli bir restoransa, o limona tül giydirilir, ucu da rafyayla bağlanır. Yani, yemek yediğiniz restoranın menü fiyatlarını, menüye bakmadan masanıza gelen limondan anlayabilirsiniz. Gerçi zaten masaya limon geldiyse geçmiş olsun, yemek başlamış, artık yapacak bir şey yoktur ama teori teoridir.

Adam paylaşımının yapılamadığı bir andı bu sayın seyirciler. Beşiktaş yeni yeni ısınmaya başladı.

Niye açıldı bu televizyonun sesi şimdi? Şurada sakince yemeğimizi yiyeceğiz, bir de bunun sesi kulağımızın dibinde. Maç mı bu? Maç seyretmek isteyen gitsin evinde seyretsin kardeşim. Restoranda da maç mı seyredilirmiş? Timur da gerilecek şimdi.

Bir dakika... Onun da gözleri televizyonda. Çatalına koyduğu şakşukayı ağzına götürecek ama televizyona bakmaktan ağzını bulamıyor.

Yalandan öksürüyorum. Tık yok. Timur ekrana kilitlendi. Kendimi ameliyata girmiş bir doktor gibi hissediyorum. "Timur, benimle misin, Timur? Hastanın kan basıncı yükseldi. Sanırım şu an bir tıkanma yaşıyoruz." Otobüsle Beşiktaş'a gelirken Murakami, Haneke falan konuşuyorduk. An itibariyle "Haniki Haneke?" durumundayız. Ne güzel haydari yiyecektik, patlıcan ezme falan... Ortaya ciğer kavurma da söylemiştik. Ne oldu şimdi?

Meyhanenin kapısı bir açılıyor, bir kapanıyor. İçeriye siyah-beyaz formalı taraftarlar doluşmaya başladı. Az önce bana şirin gelen bu köhne meyhanede garip bir düzende oturuyoruz. Kafamın tepesinde sesi sonuna kadar açılmış bir televizyon var ve herkes benden yana dönmüş, televizyona bakıyor. Korkarım ki ortamdaki tek kız benim.

Timur buraya maç seyretmeye gelmiş olamaz, değil mi? Şiddetli bir şekilde tüme varasım var ama içime kaçmış saftirik teyze, "Tümden gel, gitme kız sakın tüme!" diyor.

"Timur, ne maçı bu?"

"Beşiktaş."

"Onu anladım da kiminle oynuyor?"

Gözlerini televizyondan ayırıp bana bakıyor. Sonunda dikkatini üzerime çekiyorum.

"Görmüyor musun, Fener'le!"

Görmüyorum yahu. Miyobum ben. Hem de 3 numara! Takmadım gözlüğümü bu akşam. Beni meyhane tribününün ortasına soktun ama ben hâlâ nezaketimi kaybetmeden sana soru sormaya çalışıyorum. Adam senin soyadını hatırlamaz, Ruanda liginin hangi takımlarla karşı karşıya geleceğini eriği tuza banarak, tek ayaküstünde ezberden sayar.

Hale bak. Çocuk beni yemeğe çıkarma ayağına resmen maç seyretmek için Beşiktaş Çarşı'nın göbeğine getirdi. Hayır, kendin istiyorsan git seyret saygım sonsuz ama benim masum duygularımla niye oynuyorsun? Ben şimdi sana gıcık olmayıp da ne yapayım?

Bir daha asla biriyle çıkmayacağım. Şu an karar verdim. İyiyim ya ben kendi kendime. Gerçi neye "asla" desem başıma geliyor. Biraz daha "asla" dersem başım beladan sittin sene kurtulmayacak.

Yüzlerine bak... Hepsinin göz bebekleri büyümüş.

demeyin. Evlilik müessesesine o kadar uzağım yani.

Hepimiz aynı apartmanda yaşıyoruz. Dördüncü katta biz, karşımızda Nur teyzemler, alt katımızda muhteşem ikizler Üresin'le Türesin, giriş katta da anneannem. Karabasan Sokak, Fırtına Apartmanı, Numara 13. Adrese gel...

Bu arada "Yavrum senin baban nerede?" diye soranlara, "Şu anda annemler için mutfakta dizi çizelgesi hazırlıyor" desem erkek figürünün ailemiz içindeki önemini anlarsınız sanırım. Çifte kavrulmuş anaerkil bir aileyiz.

Çok konuşuyorum. Bunun tek sebebi çok okumam ve çok düşünmem. Bir insan şu hayatta kendine en uygun mesleği şıp diye bulabilir mi? Ne şanslıyım ki ben buldum. Kitap avcısıyım ben. Meslek olarak diyorum, kitap yayıncısıyım. Çok satacağını düşündüğüm kitapların kokusunu alıp, peşinden gidiyorum yayın haklarını alabilmek için. İnsanlarla uğraşacağıma kitaplarla uğraşırım daha iyi. Anneanneme sorsanız hostes olmalıydım çünkü erkekler hostesleri severmiş...

Başucu kitabım, Sabahattin Ali'nin *Kürk Mantolu Madonna*'sı. Bir kadınla bir adamın aşk hikâyesini anlatır Sabahattin Ali. Başrolde Raif Bey ve Maria Puder. Bu kitabın insanı çarpan yanı, aşkı en sade ve sakin haliyle tarif etmesi. Nasıl diyeyim, bu hikâye su gibi, kusursuz bir tablo gibi... Yapmacıksız, derinden, saf bir sevgiyle karşısındakini sevmeye özendiriyor insanı.

Kimilerinin dediğine göre Maria Puder, Sabahattin Ali'nin gerçek hayattaki aşkıymış. Bilemeyiz tabii ne kadar doğru. Her koşulda, Sabahattin Ali aşkı bu

Şurada jartiyerli bacağımı masanın üzerine koyuversem "Bacım, ciğer kavurmanın üzerine geldi, çekiver bir zahmet" diyecekler. Tabii ki de jartiyer giymedim. Hayatımda jartiyerim olmadı. Üzerimdeki eskitilmiş mavi kotum, beyaz tişörtüm, krem rengi pamuklu hırkam benim baharlık kıyafetim. Ayağımdaki keten beyaz spor ayakkabılarım için de her aybaşında "atılmaktan kurtarma operasyonu" düzenliyorum. Saçlar klasik atkuyruğu. Her zamanki gibi sıfır makyaj. Evden çıkarken Ceren'in dudağıma zorla sürdüğü çilekli parlatıcıyı da Timur'u beklerken yalayıp yuttum.

"Timur, maç mı seyredeceğiz biz?"

"Bir dakika, çok acayip bir pozisyon oldu!"

Bence de çok acayip bir pozisyon oldu.

Çirkinin şansı güzel olurmuş. Ben çok da çirkin değilim ama bu cümlenin kapsama alanına giriyor olabilirim. E hani nerede şansım? Rakı anestezi etkisi yapar mı?

"Pardon, bir kadeh rakı alabilir miyim?"

"Bana söylesene, ben veririm siparişi."

Karşımda kadınını her koşulda koruyan ve kollayan yağız bir delikanlının oturduğunu unutmuşum. Bardağımdaki rakı mı bitti, buzum mu eridi, Sana reklamındaki sarışın kıza ne oldu, tüm bu soruların cevaplarının hepsi onda. *Selvi Boylum, Al Yazmalım*'ı bana bir kez daha yaşatan insan. Neydi sevgi? Sevgi iyilikti, dostluktu, emekti. Sevgi Timur'du. Masadaki limondu.

"Yok, söyledim. Alt tarafı bir kadeh rakı istedim."

"Ben varken senin sipariş vermen hoş değil."

Adam aylarca, belki yıllarca sizin istediğiniz ufacık bir ricayı yerine getirmez ama bir anda delikanlı raconu çıkışları yapıp sizin yüzünüzü kızartır. Ve siz tam ondan vazgeçmek üzereyken "Demek beni seviyor" diye düşünürsünüz. Ah turnalar ah... Böyle tipler insanın dengesini altüst ediyor. Türk kızı korunup kollanmayı seviyor, orası net. Gerçi ben şu anda elimi yumruk yapıp Timur'un kafasına doğru sallamak istiyorum ama terbiyem müsait değil. Bir de çok kalabalıklar.

O varken sipariş vermem hoş değilmiş. Senin bana stadyum havası yaşatman çok hoş tabii. Tam da böyle bir akşam yemeği hayal etmiştim. Timur beni alsa, Beşiktaş Çarşı'ya maç seyretmeye götürse... El ele tutuşup çılgınca tezahürat edip kendimizden geçsek... Maçı Beşiktaş kazansa, yollara dökülsek... Bir dövmeciye girsek, ben alnıma BJK dövmesi yaptırsam... Çıkışta maytap yaksak, o yanan maytap benim saçıma düşse, saçımın yarısı yansa ama ben Beşiktaş kazandığı için delicesine mutlu olduğumdan "bir atkuyruğunun lafı mı olur?" desem... Hadsiz ya!

"Hadsiz."

"Bir şey mi dedin?"

"Haydi siz de iyi gidiyorsunuz goller falan."

"Daha gol atmadık ki!"

"Atarsınız umarım."

Dedim ve Beşiktaş bir gol attı. Timur ve bu yola baş koyan cephe arkadaşları ayağa fırladı. Birbirlerini hayatlarında ilk defa gören bu insanlar büyük bir aileymişçesine sarıldılar, kenetlendiler ve hep bir ağızdan haykırmaya başladılar.

"Görüntüsü iğrenç, pisliği çabası
Hayvan oğlu hayvan,
Denizanası, denizanası!"

Beraber çıktığımız ilk akşam yemeğinde Timur'un denizanası gibi masum bir tek hücreli canlıya küfretmesini dehşetle izliyorum. Görüştüğümüz üç gün boyunca Kadıköy'deki kafelere gidip, Moda Sineması'nda bir film izlemiştik. Ali Usta'dan şamfıstıklı dondurma almıştı bana. Anadolu yakasında oturduğu ve çok trafik olduğunu söylediği için hep ben karşıya geçmiştim vapurla. Yalnızlığın güzel ama zor bir şey olduğunu söylediğini hatırlıyorum. Güzel gelmişti bana bu cümle. Sanki daha havai bir tipti ama içinde başka fırtınalar kopuyordu. Yalnızlığı güzel ama zor bulan bu çocuk, ne olmuştu da denizanasına küfür eden birine dönüşmüştü?

Gözlerine bakıp, o gün yakaladığımı düşündüğüm şeyleri arıyorum yine. Bazen karşınızdakinin gözlerinde bir anlam yakalarsınız belki de o an için gerçekten samimi olan. Sonra adam işe yaramazın teki çıksa bile siz o yakaladığınız anlama kilitlenip kalırsınız. Adamı değil, o anlamı seversiniz aslında. Buna literatürde "vakit kaybı" denir. Bu filozof havalarının çıkış noktası nedir diye soracak olursanız, hayatıma giren üç erkekte de o anlık anlamları yakalamaya çalıştığımı söyleyebilirim. Sonra da başımı duvarlara çok vurdum. O yakaladığınız şey anlam falan değil, halüsinasyon arkadaşlar.

Timur çok mutlu şu anda. Takımı bir gol attı diye nasıl da huzurlu uyuyacak bu akşam. Kıskanmadım desem yalan olur çünkü bir insanı bu kadar içten bir şekilde ancak başka bir insan mutlu edebilmeli diye düşünüyorum. Normali bu değil midir? Maç, araba, ev, kedi, çekomastik, mutfak robotuyla değil, bir insanla mutlu olabilmektir esas olan.

Rakımdan bir yudum alıyorum. Olmuyor, çekilecek gibi değil ortam. Bardağıma neredeyse dört parmak rakı koymuş garson. Henüz susuz. Tutuyorum kadehi, dikiyorum kafaya. Oh, yarasın. Tezahüratlar devam ediyor.

"Seninle ağladık seninle güldük
Sevdamız uğruna canlar verdik
Siyahın zindan olsun beyaz aydınlık
Herkeste var olmaz Beşiktaşlılık!"

Bu arada ilk etapta benim orada olduğumu, ikinci etapta ise benim bir dişi olduğumu unutan Timur, yeni tanıştığı arkadaşlarıyla can ciğer kuzu sarması halde. Lokantayı hıncahınç dolduran kalabalık içinde küçücük kaldım tahta sandalyemde. Adamlar zıplarken sağdan soldan itiştiriyorlar beni. Hele şu yanımda duran insan irisi, birazdan benim burada olduğumu unutup üzerime çıkacak. Az evvel kolunu sallarken kafama teğet geçti, *Matrix* filmindekiler gibi geriye attım kafayı.

Keşke yeşil bir bezelyeye dönüşsem de şu kapıdan yuvarlanarak çıkıp, kaldırıma düşsem. Duvarlar üzerime üzerime geliyor. Sanırım anason etkisini göstermeye başladı. Kızarıyorum, bir ateş yükseliyor kalbimden yüzüme doğru. İçim yanıyor, içim!

"Senin totemin tuttu! Haydi bir daha desene 'atarsınız umarım' diye!"

Hayatta demem. Hem totemin tuttu ne demek? Başımı sallayıp yalandan gülümsüyorum Timur'a. O da bu gülümsemenin karşılığında elime cep telefonunu tutuşturuyor.

"Çeksene bizi böyle? Arkadaşlar bakın kameraya!"

Çekerim, çekerim de... Siz ne ara arkadaş oldunuz?

"Çekiyorum. Yaklaşın biraz daha, herkes girmiyor kadraja."

Herkesin bu küçücük cep telefonunun kadrajına girmesi mümkün mü? Adamlar bölünerek çoğalıyor. Yaklaşın dedim bir de... Demeseydim keşke. Biraz daha yaklaşsalar şuracıkta sevişecekler.

"Hemen çekiver, şarzı bitiyor!"

Şarz dedi. Ay bayılacağım şimdi. Timur, belki ceyran, kiprik, kirpit, şemşiye, veleybol, arabeks, diksmen ve hatta riks deseydin bundan yıllar sonra dudağımın sol kenarında hafif bir tebessüm belirebilirdi sen aklıma geldiğinde. Ama bu şarz olayını kabullenmem mümkün değil. Yahu şarz demek şarj demekten daha zor. Kim, neresinden çıkardı bu şarz lafını?

"Tamamdır, çektim."

Bu ülke için son görevini yapan bir savaş kahramanı olarak telefonu masanın üzerine bırakıyorum. Sandalyemin yanına astığım çantamı usturuplu bir şekilde elime alıyorum. Timur ve yeni arkadaşlarına buruk bir bakış atıyorum. Neler hissediyor olabileceğimin farkında bile değil. Beni bildiğin unuttu. Kanlı canlı insan unutulur mu? Unutuluyormuş işte.

Gidiyorum demesem ayıp olur mu? Hesabı da ödemedim. Yok, bir de ödeyecektim. Ben resmen kandırılıp maç için buraya getirildim, akşam yemeği yemek için değil ki. Hâlâ ne incelikler düşünüyorsun embesil Efsun. Bırak hesabı Timur düdüğü ödesin, sana ne?

Acilen dışarı çıkmam gerekiyor çünkü nefes alamıyorum. Şu an bir dost elini falan değil, sadece kapının kolunu tutmak istiyorum. Yirmi metrekarelik mekândan kalabalık yüzünden dışarı çıkamıyorum, iyi mi?

"Efsun, endişelenmeyin. Çıkaracağım sizi buradan."

"Sabahattin Ali?"

"Sıkıca tutun elimi."

Gözlerimi kapayıp hayali bir arkadaşın elini sıkıca tutuyorum.

Sonunda kapının koluna ulaşıyor, İzmir Marşı'yla meyhaneden çıkıyorum.

Oh be! Temiz hava!

III

BİR AVUÇ FINDIK. YERSEM.

"Bende inanmak noksanmış."

Başım feci dönüyor. Bir duble rakıyla yamuk yumuk oldum. Tabii bu hale gelmemde az önce içeride yaşadıklarımın da büyük etkisi var.

Beşiktaş Çarşı'nın meydanından hızlı adımlarla geçerek Barbaros Bulvarı'nın kenarına geliyorum. Önümden arabalar geçiyor. Atsam mı kendimi arabaların önüne? Yek yeaa canım acır. Değer mi bir Timur için ölmeye? Ben hayatta kalmalıyım. Kalmalıyım ki saçma sapan erkekleri paratoner gibi çeken bir tip olsun ortalıkta. Amme hizmeti.

Timur benim gitmiş olduğumu muhtemelen üç tezahürat sonra fark eder. Beni bir daha aramaz ve bir yıl sonraki ilk ilişki teşebbüsüm de kayıtlara "başarısız" olarak geçer. Ne diyeyim? Sürdürülebilir başarısızlık da bir başarıdır.

Timur'u saymazsam, şimdiye kadar üç tane uzun süreli ilişki yaşadım. Her biri, birer yıldan fazla sürdü. Hepsinde elimden geldiğince yapıcı davrandım, kimsenin başının etini yemedim, kıskançlık yapmadım, hep tevazu gösterdim. "Tevazu gösterme, öyle sanırlar" der anneannem. Sanırım bu üç ilişkiyle doğruluğunu kanıtladım bu lafın. İlişkilerimde el üstünde tutulduğumu, ciddiye alındığımı, sükûnetimin değerinin bilindiğini söyleyemeyeceğim ne yazık ki.

Son sevgilime bir keresinde "Seni seviyorum" demiştim, bana "Eyvallah" diye cevap vermişti ayı.

Sondan bir önceki erkek arkadaşım, benden ayrılırken (beni hem aldattı hem terk etti) iyi niyetim için bana teşekkür etmişti. O iyi niyetimi alıp kendisinin münasip bir yerine sokaydım keşke. Uzun süre, bana yaşattığı bu acı yüzünden onun ölmesini dilediğimi hatırlıyorum. En azından mezarı belli olurdu da gece nerede yattığını bilirdim.

Peki, bu üç kişi de senin hiçbir şeyini takdir etmedi mi diye sorarsanız, etti tabii ki. Evliliğe olan negatif bakış açımı çok takdir ettiler mesela. "Helal sana, klasik bir Türk kızı kafasında değilsin," dediler. Sonra üçü de beni aldattıkları kızlarla evlendi.

Tüm bunları takiben kendime gelmem uzun zaman aldı. Başka birine inanmanın zor olacağını düşünürken bir de baktım ki kendime olan inancımı yitirmişim. En büyük pişmanlığım, yanlış insanlara iyi davranmış olmamdır.

Ha bu arada bir felaket daha geldi başıma. 30'uma girdim. Bu yıl, ilk defa doğum günümü kutlamaktan hiç hoşlanmadım. Oysa bu hayatta kutlamaya değer bulduğum tek şey doğum günleri olmuştu. 30'la birlikte vücudum, yer çekimi anayasasına giriş dersinin ilk kredisini aldı. Kilom değişmemesine rağmen leğen kemiğim genişlemeye başladı. Gözlerimin kenarında sadece güldüğümde beliren kalleş çizgileri fark ettim. İlk beyazım da saçımda değil, kaşımda çıktı.

Çevremde patır patır evlenenlere gelince... Onların evlenmesi değil de çocuklarını kucaklarına almaları içimi acıttı. Çünkü bizim jenerasyondan doğuranlar, kızlarının ismini "Ada" koydu. Buket Uzuner'in *Kumral Ada Mavi Tuna*'sı, bizlerin kült kitabıydı. O kitapta Ada isimli bir kız vardı. Henüz bir ergenken bu kitabı okuduğumda kimselere dillendirmeden, kızım olursa adını Ada koyacağım demiştim. Ben yapamadım. Benden önce başkaları yaptı.

Evliliğe karşı takındığım tavır, benim kişiliğimin bir yansımasıydı sonuçta. *Bu kafa yapısında olan insanların seviyesine inmektense yalnız ölürüm daha iyi* diye düşündüm. Oyunu başka türlü mü oynamalıydım yoksa? Atkuyruğumu çözüp saçlarımı omuzlarımda salıncak gibi sallandırmalı mıydım? Yerden olabildiğince yükselmeli miydim on iki punt topuklularımla? Dişi mi olmalıydım en inişli çıkışlısından? "Regl oldum git, cemre düştü gel" mi demeliydim? Kendimi evden arabayla aldırıp, salonun ortasına kadar bıraktırmalı mıydım? Bir serçe gibi korunmasız görünüp, erkeğimin tüylerini mi kabartmalıydım?

Niye erkekler ne istediğini bilmiyor? "Yanımda ol" diyor ama yalnızlığını seviyor. "Şeffaf ol" diyor ama kaçanı kovalıyor. Döner istiyor ama dönmesin istiyor.

Bu arada başım da fena dönüyor. Beşiktaş Çarşı'nın meydanında bir banka oturuyorum.

Sarhoş olunca mevsim normallerinin üzerinde bir güç mü geliyor insana? Rakıyı susuz içtiğim için çarptı tabii bir anda. Daha hafifledim. Haykırmak istiyorum!

"Ah be Sabahattin Ali! Yok mu senin gibi bir erkek bu dünyada?"

"Teyze, Sabahattin Abi'nin yerini mi arıyon?"

On yaşlarında, kısa boylu, çelimsiz bir çocuk. Gecenin bir yarısı maki gibi ayağımın dibinde bitti. Teyze mi dedi bu bana?

"Sabahattin Abi'nin yeri hemen şu köşeyi dönünce meydanda solda teyze."

Minyonum ben yahu, yaşımı göstermem. Çocuğun yaşı küçük, ondan teyze diyor.

"Sabahattin Ali dedim ben. Yazar. Şair, romancı."

"Balıkçı Sabahattin'i demiyon mu sen?"

Allah'tan ne diliyorum karşılığında ne gönderiyor. Kısmetsiz miyim acaba? Çocuk beni Sabahattin Abi'ye göndermeden rahat etmeyecek. Anlamsız bir mücadele içindeyim.

"Evet, Sabahattin Abi'yi arıyorum gecenin bu saatinde. Lüfer zamanı geldi mi diye soracaktım."

"Teyze, senin kafan mı iyi?"

Maki bana alenen ayyaş diyor.

"Çok iyi. Hayatımın en güzel gecesini yaşıyorum."

"Maça mı sevindin teyze? Kazanıyor Beşiktaş."

"Evet, ona sevindim. Sevinçten ne yapacağımı şaşırıp kendimi meydana attım."

"Çarşı ruhu başkadır teyze."

Adamların Çarşı ruhu var. Bende o da yok. İçim kurumuş.

"Maç bitcek birazdan teyze. Kalabalık olur buralar. Sana bir taksi çağırayım mı? Teyze, iyi misin?"

"Çağır bir taksi haydi."

Benim maki, koşarak Barbaros Bulvarı'nın kenarındaki kaldırıma ilişip bir taksi çağırıyor.

Ah Timur ah... Bugün ilk defa Avrupa tarafında buluştuk. Bu sefer benim için geçti karşıya diye düşünmüştüm. Sahada Beşiktaş, saflıkta şampiyon benim. Eline 10 lira sıkıştırıp makinin çevirdiği taksiye biniyorum.

"Ne tarafa gideceğiz hanımfendi?"

"Mecidiyeköy lütfen."

"Ben de oranın arabasıyım. Mecidiyeköy avucumun içi."

"Karabasan Sokak, Fırtına Apartmanı, Numara 13'e gidelim."

"Sizin adres de evlere şenlikmiş."

"Evet. Cadılar Bayramı şenlikleri için Mecidiyeköy'de pilot apartman seçildi bizimki."

Kafamı cama yaslıyorum. Radyoda Türk Sanat Müziği çalıyor.

Mihrabım diyerek sana yüz vurdum, gönülüm dalında bir yuva kurdum. Yıllardan beridir yalvarıp durdum, sevgilim demeyi öğretemedim...

Yalnız geçirdiğim son bir yılın mükâfatı böyle bir gece olmamalıydı. İyi niyetli biriyim ben. Niye iyi insanlara iyi şeyler olmuyor? Niye şans benim ayağıma gelmiyor? Saçma sapan şeylere umut bağladım hep. Her yıldız kaydığında dilek tutmaktan dilek manyağı oldum. Yoruldum artık. İnatla dik tuttuğum kuyruğum yerlerde sürünmek üzere. Güçlü görüneceğim diye geberip gideceğim.

Evlenmek istiyorum! Tövbe. Ne diyorum ben? Timur rakıma ilaç mı attı yoksa?

"Hanımfendi, hiç dikkat ettiniz mi, Türk musikisindeki şarkıların hiçbirinde 'seni seviyorum' lafı geçmiyor. Aşkı sadece tarif ediyorlar."

Bu gece, beni düşünmeye sevk eden ilk ve tek cümleyi söylüyor taksici. Bildiğim tüm Türk Sanat Müziği şarkılarının sözleri hızlıca geçiyor kafamdan. Gerçekten 'seni seviyorum' lafı yok hiçbirinin içinde. Kafamı camdan kaldırıp şoförün suratına bakıyorum. Yetmiş yaşlarının başında bir adam. Tekrar camdaki yerini alıyor başım. Anasonun bünyemde izlediği seyir hafiflemeye başlıyor.

"O zamanlar kimsenin inancı noksan değilmiş demek ki."

Söz konusu aşk olunca çıplak elimizle sıcak tencereye değmekten korkar gibi karşımızdakine değmekten korkuyor muyuz? Kırk küp, kırkının da kulbu kırık küp demek kolay da, şöyle içten bir 'Seni seviyorum' mu zor?

Radyodaki şarkı son iki satırında.

Sonunda hicranı öğrettin bana. Ben sana sevmeyi öğretemedim...

Sevmek de öğretilebilir bir şey mi? Çünkü erkekler hicranı kafamıza vura vura gayet güzel öğretiyor. Düzene boyun eğip değişmek mi gerek yoksa?

Bu geceden çıkardığım tek sonuç şu: Ortada bir avuç fındık var. Yersem.

IV

BENİ TÜRK KIZLARINA EMANET EDİN.

"İnsanlar birbirlerini tanımanın ne kadar güç olduğunu bildikleri için, bu zahmetli işe teşebbüs etmektense, körler gibi rastgele dolaşmayı ve ancak çarpıştıkça birbirlerinin mevcudiyetinden haberdar olmayı tercih ediyorlar."

Kadın ve erkek iki ayrı cins olarak adlandırılmadan önce, küre biçiminde varlıklarmış. Öylesine zeki, becerikli ve yaşam dolularmış ki, tanrılar kendilerini bu mükemmel uyum karşısında tehdit altında hissetmiş. Zeus küreyi ortadan ikiye bölmüş ve insanlığın baştaki bütünlüğü kaybolmuş. Bu noktadan sonra ortaya çıkan kadın ve erkek arasında iki farklı anatomi, iki farklı düşünce yapısı belirivermiş. Yeniden bütünleşmeye çalıştıkça tüm enerjilerini tüketmişler ve sonunda tanrılar için bir tehlike olmaktan çıkmışlar.

Her insanın, başka birinin diğer yarısı olduğu savına inanıyor musunuz? Kendimize uygun öteki yarıyı arayıp, yaradılıştaki bütünlüğü mü arzuluyoruz sizce? Yoksa bu sadece bir hikâye mi? Hepsinden önemlisi, Zeus geri zekâlı mı? Sana ne be? Küre şeklinde mutlu mesut yuvarlanıp gidiyormuşuz işte... Sen zaten tanrı doğup, en yüksek limitten SSK emeklisi olmuşsun. Biz gariban asgari ücretli ölümlülerle alıp veremediğin neydi? Karına, kızına göz mü diktik? Ben çorabımın diğer tekini bulamıyorken şimdi nereden bulayım küremin diğer yarısını?

Sağ elimde bir bardak su, sol elimde bir aspirin, tek kişilik yatağımın köşesinde oturuyorum. Bugün işe gidecek durumda değilim. Aspirini suya atıyorum. Kısmet Düğün Salonu'nda orkestra oyun havası çalmaya başladığında yüzlerinde en ufak bir gülümseme olmadan kalkıp oynamaya başlayan teyzeler vardır hani. İşte onlar gibi ayağı suya değdiği anda fıkır fıkır oynayarak eriyor aspirinim.

Zaten rüyamda da evlendiğimi gördüm. Elimde çirkin bir takı kesesiyle masaları dolaşıyorum. Gecenin sonunda kesenin içine bakıyorum kim ne atmış diye, bir de ne göreyim! Takı yerine gofret dolu kesenin içi! Yemişim böyle rüyayı...

Başım çatlayacak gibi ağrıyor. Neden? Ne olmuştu dün gece? Geriye doğru sarıyorum... Mihrabım diyerek, maki, Beşiktaş Çarşı'daki bank, çekomastik, denizanası... Timur! İnanın ki baş ağrımın sebebi anason değil, sadece ortaya karışık bir porsiyon hayal kırıklığı ve sinir bozukluğu.

Aspirinli suyumu içiyorum. Midem kazınıyor açlıktan. Tabii, bir şey yiyemedim ki dün. Bu sabah farklı hissediyorum kendimi. Sanki bir şeyler kıpırdanıyor içimde.

Sabahleyin erkenden su ve aspirin almak için girdiğim mutfağa doğru tekrar usulca ilerliyorum. Dedim ya, çok açım. Babam, mutfak masasında önünde kâğıt, elinde kalem, bir şeyler yazıyor.

"Babacığım günaydın, hayırdır?"

"Annenlere dizi çizelgesi hazırlıyorum kızım."

"Yine mi?"

"Hepsinin saati değişip duruyor. Haklı onlar da..."

Ah babam benim. Emekli olduğundan beri annemin başına yığdığı işlerle yeni bir dünya yaratmaya çalışıyor kendine. Geçen gün de sigara böreği yapmak için yufkaları dikkatlice üçgen şeklinde kesiyordu. Adam bunca kadın arasında kendi cinsiyetini unuttu tabii. Evde de kimse bir erkek varmış gibi davranmıyor. Mesela salona giriyorum babam koltukta oturmuş gazetesini okurken Tuğçe yanı başında kaşlarını alıyor. Ceren iki koluna tüy sarartıcı sürmüş, 10 dakikanın dolmasını bekliyor. Annem, kafasında bigudilerle babama emirler verirken, anneannem eve manikürcü çağırıp, bizim salonun ortasında yaptırıyor manikürünü.

Tüm bunların üzerine bir de Üresin'le Türesin geliyor ellerinde ağdalarıyla. Neredeyse 80'lik bu iki kadın bu yaşta niye ağda yapıyor acaba? Evde birbirlerinin bacaklarını mı elliyorlar? Bir de unutkanlık başladığı için her seferinde ne yapmaya geldiklerini unutuyorlar. Sonra o ağdalar ortadan kayboluveriyor.

Yiyorlar mı acaba?

Diyeceğim odur ki, zavallı babam, evdeki kadınların özel konuları hakkındaki her türlü detaya hâkim. Babamın adı, Oktay. Annem, babama kızdığında "Boktay" der. Ne kadar ayıp. Sahip olmak istediği fakat sahip olamadığı hayatın acısını babamdan çıkarmaya programlamış kendini. Tren kazalarına bakan bir avukat ne kadar kazanabilir ki? Kaç tane tren kaza yapacaktı da babam dava alacaktı? Bu adam seni bu kadar mutsuz ediyorsa en baştan evlenmeyeydin o zaman.

Gözlerimi babamdan ayırıp, buzdolabına yöneltiyorum. Bir parça beyaz peynir alıyor, ekmeğin arasında koyup, yiyerek çıkıyorum mutfaktan. Odama gitmesi gereken ayaklarım salona doğru ilerliyor. Engel olamıyorum.

Salonun kapısına geliyorum. Belli ki bizim kadınlar tam kadro içeride. Aysel Teyzenin sesi geliyor. Son lokmamı da yutuyorum ve içeri giriyorum.

"Hayırdır kızım? Baktığım fal mı çıktı? Sen gelir miydin bizim yanımıza?"

"Bir bakayım dedim, sıkıldım içeride. Hem işe de gitmiyorum bugün."

"Benim akıllı kızım dün bir çocukla yemeğe çıktı Aysel Teyzesi. Çok umut vadeden bir çocuk. Nasıl geçti romantik akşam yemeğiniz? Nereye götürdü çocuk seni? Çırağan Sarayı'na mı?"

Hep bir laf sokma. Neyse soksun lafını. Hakkıdır. Aldım boyumun ölçüsünü zaten dün gece.

"Beşiktaş Çarşı'ya."

Kızların arasından Meksika dalgası gibi bir kıkırdaşma geçiyor.

"Eee, bizimki serseri tipli kim varsa onu bulur entel dantel, bohem diyerek. Aferin kızım, sen bu kafada git e mi? Burnun boktan kurtulmuyor."

Annem böyle erkeklerin hep ömür törpüsü olduğunu söyler durur. Böyleleriyle çok gençken flörtleşirmişsin ama bu yaşa gelince halk arasına çıkmazmışsın. Artık neyi, neye göre formüle edeceğimi bilmiyorum ki. Aysel Teyze'nin yanına oturdum. Köprüden önceki son çıkıştayım.

"Sana bir kilit kırayım ben. Kızlarla birlikte camiye gidin ve..."

"...kilidi cemaat çıkarken ayaklarının altına atın. Uygulamayı biliyorum."

"İnanarak atcan kızım o kilidi, böyle yarım ağız değil."

İnanmak noksanmış derken olaya bu açıdan mı bakmam gerekiyordu yoksa? Yani evlenmeye olan inancım mı noksanmış aslında?

"Peki Aysel Teyze. Kır kilidi."

"Aysel Teyzen senin ağzını öpsün."

Öpmesin.

"Bulcam ben sana bir çöpsüz üzüm."

Şimdi birisi de benimle evlenmek istese, o da çöpsüz üzüm arasa ben bu sarışın kardeşlerimi nereme sokacağım? Atsan atılmaz, satsan satılmaz. Onları geçtim, Üresin'le Türesin var. Elle tutulacak hiç kimse yok yani ailede. Her biri patlamaya hazır, pimi çekilmemiş bomba şeklinde dolanıyor ortalıkta. Ben olsam, benimle evlenmezdim. Kendimi bu ailenin nüfusundan sildirsem mi acaba?

"Kızlar, siz hiç çalışmayı falan düşünmüyor musunuz?"

Ceren saç buklesiyle oynarken yüzüme bile bakmayarak cevap veriyor.

"Aman ablaaa... Sen çalışıyorsun da ne oluyor?"

Kız haklı. Diyecek bir sözüm yok. Dünürler yarın Sidikli Merve'yi istemeye geliyor.

"Baksanıza, ben diyorum ki bir manikür pedikür yaptırayım. Saçıma da fön çektiririm. Cumartesi akşamı bir yerlere çıkarsanız ben de geleyim."

Aysel Teyze elindeki kahve fincanını tabağına sabitleyemeyip yere düşürüyor. Halıya yapışan telve gibi zihnim kapkara şu anda. Annem sesindeki heyecanı gizleyemeyen tiz bir tonla soruyor.

"Kızım, hayırdır kafana taş mı düştü senin?"

"Anne zaten sinirlerim bozuk. Kurcalamayın işte. Beni kuaföre götürecek biri var mı, yok mu?"

"En son ne zaman manikür yaptırdınız?"

"Hiç yaptırmadım."

"Etlerinizi dibe mi ittiriyorsunuz?"

"Bir şey ittirmiyorum ben."

"Tırnak etlerinizi yiyor musunuz?"

"Hayır."

"Peki koparıyor musunuz?"

"Bilmem, belki bazen."

"Küt mü, oval mi kullanıyorsunuz?"

"Eff."

"Pardon?"

"Hangisi daha iyi durursa onu yapın diyorum."

"Frenç mi böyle cıvıl cıvıl bir bahar rengi mi istersiniz?"

"Yüreğinizin götürdüğü renge gidin."

"Kaşınızı kırdıracak mısınız?"

Aaaaaaaa! Başlayacağım böyle kökten değişim sürecine!

Manikürcü kız resmen narkoz için uygun muyum onu kontrol ediyor. Böbrek mafyası mı bunlar? Beni bayıltıp, buzlu küvete yatırıp, böbreğimi alıp, üzerime de "Uyandığında hemen hastaneye git" diye not mu yazacaklar? Zaten içeride bangır bangır bir müzik çalıyor kızın ne dediğini tam anlamıyorum. Bir de üzerine bu ahiret soruları...

Disko mu, kuaför mü belli değil. Bizim sokakta altı tane kuaför varken *Alpdirek and Friends* isimli bir kuaföre neden geldik, onu hiç bilmiyorum. Kuaförün isim babası olan Alpdirek'le göz göze geliyoruz. Alpdirek'in kaşlar yay gibi alınmış. Alnına düşen bir tutam saçı sapsarı boyamış. Uzun ve ince bacaklarına dapdaracık kırmızı bir kot geçirmiş. Kotunun arka cebine iki tarak, bir de fırça sıkıştırmış. Vücuduna yapışan tişörtünün üzerinde siyah bir yelek var. Bayık bakan gözlerini benimkilerden kaçırıp Ceren'le konuşmaya başlıyor. Kesin benim hakkımda fısıldaşıyorlar.

"Bu çocuk neden okumayı hâlâ sökemedi Alpdirek Hocam?"

"Valla, çok ihtimam gösteriyorum ama hem okuyamıyor hem de abaküsle bile sayamıyor Ceren Hanım. Acaba evde bir sorun mu var?"

"Hocam, babası bazen dövüyor. Acaba o yüzden mi böyle bu kız?"

"Böyle derken?"

"Geri zekâlı yani..."

"Olabilir, acaba daha özel bir kurumda mı eğitim aldırsanız?"

Düşünce bulutları çıkın kafamın içinden. Alt tarafı saçım başım yapılacak. Dünyanın sonu değil ya.

Çırak gelip beni saç yıkama bölümüne doğru götürüyor. Saçımı yıkarken o su bir türlü ılık olamıyor. Bir buz gibi, bir kaynar. Yerimde kıpırdanıp duruyorum. Saçımı yıkayan çocuk bakıyor ki ben rahat durmuyorum, şampuanı tam durulamadan kafama havluyu çabucak sarıverip beni kuaför koltuğuna oturtuyor. İki kişi, iki fön makinasıyla saçlarımı kurutmaya başlıyorlar. Başımda vızıldayan bu gürültü arasında bu sefer Alpdirek soru sormaya başlıyor.

"Saçını en son ne zaman kestirdin güzellik?"

Hemen senli benli olduk.

"Bilmem, herhalde bir yıl olmuştur."

"Kim kesti?"

"Bu sokakta bir kuaför."

"Hangisi? Hakkı mı?"

"Hakkıdır, Hak'ka tapar."

"Pardon?"

"Yok, o kesmedi."

"Kim kestiyse katlarını tam verememiş."

Şeytan diyor, "Sen kesmiştin" de. Zaten bir kuaför diğerine laf sokmazsa olmaz.

"Şampuanın ne?"

"Tuğçe ve Ceren ne alırsa onu kullanıyorum. Hatırlayamadım adını."

"Bu senin doğal rengin mi?"

"Evet."

"Sanki biraz balyaja ihtiyacı var saçın. Seni daha sıcak gösterir. Balyaj yaptırdın mı daha önce?"

"Hayır. Ama beni daha sempatik gösterecekse yaptırabilirim."

Yetti be! Gözümde çapaklarımla geldim buraya. Kuaför değil, sırat köprüsü. Bu sorulara vermem gereken evrensel olarak doğru yanıtlar var mı acaba? Alpdirek ya saçımın kesimini, ya rengini ya da beni beğenmedi. Alpdirek'in yanında fön tutan çocuk da hakaret manyağı olmuş, yazık. Alpdirek bunu devamlı azarlıyor: "Alttan tut fönü!", "Pens nerde?", "Oğlum büyük fırçayı versene!" Fırçanın büyüğünü zaten sen veriyorsun çocuğa. Boşuna dememişler insanlara yönetebileceği küçücük bir alan ver, bir adım geriye çekil, sonra da esas yüzlerini gör diye.

Hazır manikürcü kız ortadan kaybolmuşken hemen en yakınımda okuyacak bir şeyler bulmaya çalışıyorum. Alpdirek kendisini benimle konuşmak zorunda hissediyor ama ben onunla konuşmak istemiyorum.

Manikürcü kız tekrar yanıma geliyor. İsmini söylüyor. Seval'miş.

"Elinizi serbest bırakın lütfen."

Gerginim Seval. Şu anda ense köküme kadar üzerimdesiniz, iki adam fönle kafa derimi yakıyor, ellerimi sen hapsettin. Az sonra müzik yüzünden sağır olacağım. Neremi, nasıl serbest bırakayım?

Bir kızcağız daha çıkageliyor, ayaklarımı suya sokacakmış. Başka bir kız daha... O da ayağımı törpüleyecekmiş. Şu anda tüm vücudum Alpdirek'in arkadaşları tarafından ele geçirilmiş durumda. Seval sağımda oturuyor, sol elimin manikürünü yapmak için sola geçeceğine üstten elimi istiyor. Diğer kızlardan biri "Ayağınızı suya sokun", diğeri "Ayağınızı sudan çıkarın" diyor. Kafama da bir zeytinyağı tenekesi geçirip üzerine şıp şıp su damlatın da işkencede bütünlük sağlansın.

Seval susmuyor. Ruhumu teslim etmek üzereyim. Belki içinde, derinlerde bir yerlerde susmak istiyor ama susamıyor. Benden yüz bulamayınca Ceren'le konuşmaya başlıyor. Nasıl bir bilgi dağarcığı, sosyete dedikodularına nasıl bir hakimiyeti var, anlatamam.

Bu arada kuaförün içinde koltuğumun arkasından geçen her çalışan saçımı bir kere elliyor. Niçin acaba? Eller, ayaklar, saçlar bitiyor. Seval eline bir ip alıp beni hapşırtarak kaşlarımı alıyor. İki saat sonunda nihayet kuaförden çıkmaya hazır hale geliyoruz. Bu ojeler ne ya? Simsiyah. Çoğu erkek siyah ojeyi seksi bulurmuş. Bulmayana denk gelirsem ne olacak? Konuşurken ellerimi saklarım. Bundan sonra ben, ben değilim zaten. Adımı da mı değiştirsem?

Ceren yanıma yaklaşıp artık taşmak üzere olan sabır tenceremin içine son bir damla suyu koyuyor.

"Alpdirek'le Seval'e bahşiş ver Efsun."

Mümkün değil. Şimdi ben o parayı Alpdirek'in dapdaracık pantolonunun ön cebine mi, arka cebine mi parayı sıkıştıracağım?

"Ceren, sen versen ne olur? Ben utanırım."

"Ay ne asosyal şeysin."

Alpdirek'e cinsel bir temasta bulunmak istemememin nesi asosyal? Adama dokunmak istemiyorum. En sonunda bahşişi Ceren veriyor.

Kuaförden çıkarken Alpdirek'e soruyorum. "Bu müziğin sesi neden bu kadar yüksek?"

Alpdirek, o şekilsiz kafasını sağa yatırarak yalandan bir gülüşle cevap veriyor. "Konsept!"

Alpdirek'in bile bir konsepti var. Beğen, beğenme.

Şükürler olsun ki kuaför işkencesi bitiyor. Merve de geliyor yanımıza. Üçümüz ana caddeye doğru yürüyoruz. Az sonra yeni albüm lansmanım için kıyafet seçmek üzere yola çıkacağız. Hakikaten nereye gidecektik biz alışveriş için?

"Ceren, nereye gidiyoruz?"

"Cevahir'e."

Yürüyen merdivenlerden çıkışta, inişte, girdiğimiz her mağazada uzun entarili ve kafası bandajlı Araplar var. Şu saç ekimi işi gerçekten ciddi boyutlara ulaştı demek ki. Adamlar akın akın İstanbul'a geliyor.

"Efsun, Arap erkeklerinin neredeyse hepsinin kafası bandajlı, bunlar bir tarikatın üyesi mi?"

Ceren'den günün sorusu. İstanbul'a saç ektirmeye gelen Arapların kafasındaki bandajları bir tarikat simgesi olarak algılayan insan yavrusu. Koca bulabilmek için tam olarak bu ruhu yakalamak istiyorum.

"Ceren, onlar saç ektirdikleri için kafaları bandajlı."

"Ay senin de ne hayal gücün var Efsun!"

Cevahir'de dolaşmaya başlıyoruz. Her nabza göre mağaza var. Sırayla girmeye başlıyoruz her birine. Merve, Ceren ve tezgahtarlar arasında şu tarz diyaloglar geçiyor:

"Pardon, bu eteğin beyazı var mı?"

"Var efendim."

"Peki ekrusu?"

"O da var."

"Bikini üstlerini ayrı alabiliyor muyuz?"

"Evet."

"O zaman, biz biraz dolanalım, geri geliriz."

Biz beyaz mı, ekru mu istiyoruz? Etek mi bikini üstü mü arıyoruz, hiçbir şey belli değil. Denetçi gibi kapı kapı dolaşıyoruz sadece.

Alışveriş merkezinin ortasına geldiğimizde kafamı kaldırıp tavana bakıyorum. Devasa bir saat. Bizim saatimiz öğleden sonra iki, bu 8.40'ı gösteriyor. Kafamızı tavana çevirdiğimizde bu dev saati görmemizi isteyenler neden saati kurmamışlar acaba?

Ziyaret ettiğimiz ilk dükkânda Tuğçe'yle Ceren kendini kaybederken, içeri girdiğimden beri nefesini tutup mağazanın içinde sapık gibi beni takip eden tezgâhtara bu dev saati soruyorum. Nasıl olsa o beni böyle dedektif gibi takip ettikçe huzur içinde bir şey seçebilmem imkânsız.

"Bu saatin özelliği nedir?"

"Hangi saatin?"

"AVM'nin tepesinde kocaman bir saat var ya."

"Ay hiç fark etmedim."

Kız nerede çalıştığının ve dudağına sürdüğü kırmızı rujun ön iki dişine komple bulaştığının farkında mı acaba?

Diğer tezgâhtar atlıyor lafa. "Avrupa'nın en büyük saatiymiş bu."

"Niye çalışmıyor?"

"Bilmem, taktıklarından beri çalışmıyor."

Niye takmışlar o zaman? Biri sorarsa Avrupa'nın en büyük saati bizde demek için mi?

Mağazadan çıkıyoruz. AVM'nin dip tarafına doğru ilerledikçe kulağı tırmalayan çocuk çığlıkları gelmeye başlıyor. İrkiliyorum. Sanırsınız içeride çocukları kesiyorlar. Meğerse bir oyun alanı varmış. O anda beş çocuklu bir aile yanımızdan geçip, oyun alanına doğru ilerliyor. Çocuklar kuduz olmuş gibi. Zor zapt ediyor anneyle baba. Niye bizim çocuklarımız bu kadar şımarık? Niye yabancıların çocukları çıtını çıkarmadan sofrada kuru ekmeğini kemirirken bizimkiler masada üç dakika oturamıyor? Niye tuzu ve karabiberi ille de masanın üzerine boşaltıyorlar ve peçeteleri pırtık pırtık yapıyorlar? Bu çocuklar benim olsa Allah verdi demeden evire çevire döverim, döverken de klasik müzik dinlerim. Anneleri sanki sinirleri alınmış gibi çocuklara "Aşkım yapma, sakin ol bebeğim," diyor. E televizyonda bu kadar dizi olursa, diyaloglarımız da buna döner işte.

Bizimkiler bakıyor ki ben yine bir 'çevremizi tanıyalım' olayına meyil ediyorum, hemen başka bir mağazaya sokuyorlar beni. Neyse ki üç saatin sonunda bir şeyler alıyoruz. Bu aldıklarını babana gösterirken ne demeyi planlıyorsun Efsun diye soracak olursanız hazırladığım kısa konuşmayı sizlerle paylaşmak isterim:

"Babacığım, malum hayat pahalı. Kitap yayıncılığı işinde de para yok. Meslek değiştirip, direk dansına yönelmeye karar verdim. Aksaray'da Bacardi diye bir pavyon varmış. Baktım Bacardi özgeçmişimi uygun bulmadı, seçmelerde elendim, başka bir planım daha var. Bandırma'daki Sinek Pavyon'a başvurabilirim. İstanbul'a feribotla gidip gelirim. Bu mini eteği giye-

ceğim. Altına bu topuklular. Üzerime de bu el bezi. Senden istediğim tek şey, ağzımın ortasına bir tane koyman. Belki kendime gelirim."

Tam 'Bu kıyafetleri giyersem koca bulma ihtimalim düşer ama otoyolda araç bulma şansım yükselir' diye düşünürken Ceren, bunların çoğunu hareket olsun diye aldığımızı söylüyor. İçime su serpildi. Değişeceğiz dedik ama o kadar da değil.

Yorgunum dostlarım. Yorgunum, yorgun.

Alışverişimizi sonlandırıp Karabasan Sokak, Fırtına Apt. No:13'ün yolunu tutuyoruz. Sakin giden hayatım, sokağımız, apartmanımız ve kapı numaramızla paralel bir şekilde dalgalanmaya başlıyor.

Eve girer girmez usulca odama süzülüyorum. Odam her köşesiyle hâlen ben. Kitaplarıma dokunuyorum, sanki bir daha onlarla bir araya gelemeyecekmişim gibi hissediyorum. Sabahattin Ali'nin *Kürk Mantolu Madonna*'sını alıyorum raftan. Rasgele bir sayfa açıyorum:

"Her yerde kürk mantolu Madonna'yı arıyordum. Bulamayacağımdan emin olsam da, onu aramam gerekti."

"Efsun, kuzum?"

"Sabahattin Ali, halim perişan."

"İzliyorum sizi kaç gündür. Bir değişim içindesiniz sanırım."

"Evet, koca aramaya karar verdim."

"Karar verince oluyor muymuş bu işler?"

"Olan örnekleri çok. Bir de bu yolu deneyeceğim."

"Efsun, evlilik ciddi bir karardır. Kendiliğinden oluverir. Sizi evliliğe karşınıza çıkan doğru insan inandırabilir ancak."

"Bitti. Eski Efsun öldü artık. Bu kararımdan ne olursa olsun dönmeyeceğim."

Cevap bile vermeden kayboluyor Sabahattin Ali. Koskoca yazara koca arıyorum dedim, Allah benim cezamı versin.

Kitabı hemen kapıyorum. Aynı zamanda hayatımda benim için değerli olan şeyleri de bu kapadığım sayfanın arasına sıkıştırıyorum. Cuma akşamı bizim kızı istemeye gelecekler. Cumartesi de İstanbul'un en piyasa mekanına gidecekmişiz.

Reina'ya.

V

REINA, KANATLARIMIN ALTINDA.

"Ne o, çapkınlıktan mı geliyorsun?"

Kafamda düşünce bulutlarıyla geçirdiğim bu hafta nihayet bitti ve kutlu mutlu Cumartesi geldi çattı. Kız isteme faslını merak edenler için özet geçiyorum.

Cuma günü işten izin aldım. Bu hafta iyice koyuverdim işi zaten. Sabahın köründe yedi şans fili gibi peş peşe dizilip Alpdirek'in dükkâna doluştuk. Niye hepimiz aynı anda aynı kuaföre gidip birbirimizi saatlerce bekledik, hiçbir fikrim yok. Kuaförde hazırlık fotoğraflarımız çekildi ve kızlar Facebook'larına yükledi.

Kuaförden çıkınca yine tek vücut halinde bize geldik. Bizim salon, Nur teyzeminkinden daha büyük olduğu için kız isteme seremonisi bizde yapıldı. Merve'nin babasının nerede olduğuyla ilgili kimsenin bir fikri olmadığı için Merve'yi babamdan istediler. Kız isteme öncesinde annem, babama "Şöyle diyeceksin, böyle yapacaksın, yelkenleri hemen suya indirmeyeceksin," diye akıl verdi.

Saatler öğleden sonra üçü gösterdiğinde erkek tarafı kapıyı çaldı. Elinde hayvan gibi gümüş bir çikolata tepsisiyle müstakbel damadımız beş yıldızlı otel havuzu yeşili gözleriyle Murat, onun sağında kafasına ekstra bir kafa büyüklüğünde topuz yaptırmış kaynana, solunda da kayınpeder içeri girdi.

Misafirlerimizi buyur ettik. Kahveler, elektrikli Türk kahvesi makinasında yapıldı. Merve, müstakbel damadımız Murat'ın kahvesinin içine kırmızıbiber koydu. Meğer çocuğun kırmızıbibere alerjisi varmış. E bu kadar kısa zamanda insan birbirini tanıyabilir mi? Dua etsin de çocuğun altı tane ayak parmağı olmasın. Murat'ın yüzünde kırmızı kırmızı lekeler belirdi ama sesini çıkarmadan oturdu. Laf döndü dolaştı, kızı isteme faslına geldi. Murat'ın babası konuya girdi.

"Efendim, gençler tanışmış, birbirini beğenmiş. Biz de Merve kızımızı Allah'ın emri, Peygamberin kabriyle istiyoruz."

Kabir dedi, biz farkına vardık ama kendisi varmadı. Ne dediyse dedi. Sonuç olarak kızı verdik, gitti. Nişan yüzükleri takıldı, kurdele kesildi. Kaynana, Merve'ye akarsu mu dere mi, sıra sıra pırlantadan bir bilezik taktı.

Tam o sırada kapı çaldı. Annemin kapıyı açmaya gitmesiyle yanımıza dönmesi bir oldu. Annem, babamı çağırdı. Bu sefer beraber gittiler içeriye. Kaçak ressam gelmiş. Merve'nin babası. Öldü sanıyorduk, ölmemiş. Maşallah domuz gibiydi. Babam da adamı gönderene kadar akla karayı seçti çünkü adama ateşle yaklaşsan infilak edecek durumdaymış.

Bu badireyi de atlattıktan sonra nişan pastası

geldi. Üzerinde *Fırat ile Melis'e bir ömür boyu mutluluklar* yazıyordu. Zaten pastaneler şu isimleri doğru yazabilse dişimi kıracağım.

Cuma böyle geçti. Bugün de güneşli bir Cumartesiye uyandım. Yok, çok mutlu kalktığımdan değil, o illet güneş perdenin arasından inatla gözümün içine girdiği için. Annemle anneannemin bitmek tükenmek bilmeyen öğütleri, Ceren'le Tuğçe'nin beni giydirip bir insana benzetme çabaları sonunda saatler 22.30'u gösterdi.

Kapının hemen yanındaki ahşap çerçeveli aynanın önündeyim. Gözlerim daha büyük, dudaklarım daha kırmızı, yanaklarım daha pembe ve boyum daha uzun. Bambaşka bir benle tanışıyorum.

Tuğçe'nin kafaya aldığı çok zengin bir arkadaşı varmış. Bu gece onun misafiri olacakmışız. Çocuk, bizi apartmanın önünde bekliyormuş. Haydiymiş, inmemiz gerekiyormuş.

Aynadaki yeni Efsun'a dalgın dalgın bakarken arkamda Tuğçe'nin Gulyabani gibi yansımasını görüp irkiliyorum. Topuklularla dev gibi olmuş.

"Ne var be, öcü gibi arkamdasın?"

"Lenslerini taktın mı? Lens aldık o kadar tak da insanları gör diye. Kör gibi dolanıyorsun."

"Ay, unuttum. Hem orada tanıdık yoktur ki? Rimelim akar takarsam."

"Abla, sen olayı anlayamadın hâlâ. Tanıdıklarını değil, tanımadıklarını görmen lazım. Radarlarını açacaksın."

"Tamam be takıyorum şimdi."

Lenslerle on dakika kadar cebelleştikten sonra tamamen hazır duruma geliyorum. Tuğçe ve Ceren kapının dibinde beni bekliyor. Çıkarken annemin bir tek su dökmediği kalıyor arkamızdan.

Çok stres altındayım. Keşke serumların çanta boyunu çıkarsalar.

Aşağı iniyoruz. Dev bir cip. İyi de ben bu etek ve ayakkabılarla nasıl bineceğim buna? Cipin arka kapısını açıyorum. Çivileme dalış pozisyonuna geçip, ani bir hareketle yaylanıp, kendimi sardalya gibi bırakıveriyorum arka koltuğa.

Direksiyonda genç irisi bir çocuk var. Yan koltukta da bir arkadaşı oturuyor. Arkada biz üç dudu. Arabanın içinde çalan Demet Akalın, tüm sokağı uyandırmış olabilir. Hangi şarkısı diye sormayın gözünüzü seveyim çünkü şu anda evlat acısıyla eşdeğer duygular hissediyorum.

Genç irisinin adı Hayrican'mış. Hayrican'ın isminin kesin bir hikâyesi vardır. Bunlar anne tarafından zengindir. Beş yıl önce kaybettikleri dedelerinin ismi de Hayri'dir. Aile süper burjuva olduğu için bu topaca da Hayri ismini koymuştur. Ama ismin bir parça modernleşmesi gerektiğinden sonuna Can'ı eklemişlerdir. Böylece dedenin hem gönlü alınmış hem de miras garantilenmiştir.

Hayrican bir eli direksiyonda, diğer kolu camda, kafasını bizimle konuşmak üzere arkaya çeviriyor:

"Vaay, meşhur Efsun sensin demek. Bizimle hiçbir yere gelmiyorsun ya, Tuğçe'yle Ceren senden bahsederken hayali bir tipsin diye düşünüyorduk!"

Sensin len hayali tip. Of, bir şey ensemi kaşındırıyor. Stresten egzama mı oldum? Bu ne ya? Bluzun etiketini kesmemişim. Nasıl koparacağım bunu?

Ben bluzun etiketini koparmaya çalışırken Ali de kendini tanıtıyor. Diğer çocuk. Sesi Mabel Matiz'in şarkı söylemeyen hali gibi. Deniyordum seni Ali, sen seversin bunu. Yavrum... Bunun zengin dedesi yok galiba. Adı sadece Ali. Halbuki Alican olsa daha sevimli bir ikili olurdular. Hayrican ile Alican...

Hayrican ne kadar iriyse, Ali bir o kadar minik. Malkoçoğlu ve bıyığı gibiler. İkisinin de dişler bembeyaz. Yüzler kaymak gibi. Arabadaki yoğun parfüm kokusundan her an kafayı bulabilirim. Hayrican'la Ali, hiper neşeli. Tuğçe'yle Ceren de bunların neşelerine ortak olup şarkıya eşlik ediyorlar bağıra bağıra.

'Umarım beni bu halde kimse görmez' hissi, demek ki böyle bir hismiş. Peki o zaman ben niye bu havuz gibi arabada onlarla aynı havayı soluyorum? Şahsiyetsiz miyim? Niye arkalarından konuşup sonra da koyun gibi takip ediyorum bunları?

Ali, aşırının aşırısı bir neşeyle bize dönüp soruyor:

"Kızlaaarrss, hazır mıyız Boğazın en manyak gece kulübüne gitmeyeeee?"

Çıkarabildiğim tek ses, acı bir yutkunma oluyor.

"Beni böyle de sevecek misiniz Sabahattin Ali?"

"Ben sizi her halinizle bir dost olarak seviyorum. Bu dalgalanmalarınızı da, sinirli ve isyankâr halinizi de, mutlu olduğunuz anları da, sessizliğinizi de. Hepsini seviyorum. Birini sevmek böyle bir şeydir. Her şeyiyle seversin. Sizi de biri böyle sevecek, inanın bana."

Dedi ve arabadan indi Sabahattin Ali.

Sabahattin Ali'nin arkasından da ben arabadan indim demek isterdim ama planladığım gibi olmadı. İç çamaşırım görünmesin diye dikkat edeceğim derken kendimi kaldırımla öpüşürken buldum. Reina'ya giriş dediğin böyle olur. Ne kadar vale ve bodyguard varsa beni yerden kaldırmak için koşturdular. O minicik etek, saç bandı şeklinde kafama geçti. Utancımdan ölseydim daha iyiydi. Alışmadık Efsun'da etek durmaz. Olacağı buydu.

Ama bendeki de can. Mecidiyeköy'den Kuruçeşme'ye yaptığımız yirmi iki dakikalık yolculuk süresince bangır bangır Demet Akalın dinledim. Haliyle omurilik soğanım zarar gördü, dengem şaştı.

Arabadaki grubumuz, bir şeyim var mı diye başıma toplandı ama turp gibi olduğumu gördükten sonra Hayrican valenin eline –yanlış görmediysem– 100 Dolar sıkıştırdı.

Bu hareketinin iki sebebi olabilir: Ciddi bir servet değerinde olan bu arabayı valenin canı pahasına koruması veya soran olursa beni yolda bulduklarını, onlarla bir ilişkim olmadığını söylemesi. Eğer bu 100 Dolar benimle ilgiliydiyse gerçekten gururumun okşandığını söylemek isterim. Şahsen ben bu hareketimden sonra kendime közlenmiş mısır bile vermezdim.

Merdivenlerdeyiz. Aman yarabbi. Bu nasıl bir kalabalık? Bu öyle bir merdiven ki sanki Boğaz'ın içine iniyorsun. Merdiven demişken, ben bu kadar basamağı nasıl ineceğim? Hemen Tuğçe ve Ceren'in ortasına geçip kollarına giriyorum. Göz ucuyla her ikisine de birer bakış atıyorum. Onların sarışın, ince ve uzun

İzmirli siluetlerinin yanında ilk defa adama, pardon kadına benziyorum. Yüksek topukla yürümek zor ama insana gizli bir güven veriyormuş. Daha bir dik duruyorsunuz. Vücut diliniz değişiyor. Çok da fena değilmiş.

Hayrican önde, Ali ve bizler arkada, Reina'nın içinde dönüp dolaşarak Romalı halkımızı selamlıyoruz. İlişsek ya bir yere artık. Ceren'e soruyorum:

"Barın orda dursak ya?"

"Ne barı, saçmalama. Locaya geçeceğiz."

Çok saçmaladım gerçekten. Yok bir de normal vatandaş gibi barda dikilecektik! Hayrican olmasaydı sen nasıl gelecektin acaba buralara!

Locaya geçiyoruz. Koltukların ortasındaki sehpada ağzına kadar içki dolu bir buz kovası var. Yerimize oturmamızla birlikte meyve ve kuruyemiş tabakları geliyor. Fonda yine Demet Akalın. Milli marş mübarek.

Hayrican kulağımın dibine kadar yaklaşıp soruyor. "Efsuş, ne içersin?"

Ben bu çocuğu bu akşam paralamazsam bir daha da aramızdan su sızmaz.

"Ben soda alayım."

"Niye ya, bir şeyler iç."

Sanki dilli kaşarlı yiyeceğim dedim. Soda da bir içecek?

"Yok, canım istemiyor şimdi alkollü bir şey. Belki daha sonra içerim."

Derken öbür kulağıma Ali yaklaşıyor. "Efsun içmiyor musun bir şey?"

"Soda söyledim."

"Ayran söyleseydin!"

Fena fikir değil. Belli ki birazdan tansiyonum düşecek. Bir gidin başımdan yahu!

"İyiyim böyle, sağ ol."

Hayrican masayı donattıkça donatıyor. Bu arada arkadaşları da kızlı erkekli gelmeye başlıyorlar yanımıza. Hayri dedenin kemikleri sızlıyor olabilir şu an. Bir "–can" takısı yüzünden ailenin tüm mirası Reina'da heder olmak üzere.

Yüksek volümlü müzik, ekiple konuşup kaynaşmamı engelliyor. Hoş, müzik çalmasaydı da Hayrican and Friends'le neyi, ne derece konuşabilirdim, bilmiyorum. Ne kadar mutlu ve neşeli bu insanların hepsi, inanamıyorum. Ben depresyonda mıyım yoksa?

Locanın en ucunda oturuyorum. Tam yeni lenslerimle çevreme retina taraması yapmak üzere ayağa kalkıyorum ki arkamdan biri *küüt!* diye bana çarpıyor. Bu kez yürümeyi yeni öğrenen bebek gibi iki elimin parmaklarını açıp, alçacık sehpanın üzerine kapaklanıyorum. Düşmedim. Ama yine iç çamaşırım göründü. Utanma duygumu böyle böyle yeneceğim. Ya da şu eteği hepten çıkarayım da bitsin bu işkence.

Bir hışımla arkama dönüyorum. Göz hizamda birini ararken, 1.50 boyunda, bıçkın tipli bir çocukla göz göğüse geliyoruz. Çocuk fotojenik değil diye durumu toparlamak isterdim ama bildiğin çirkin. Ben daha ağzımı açmaya fırsat bulamadan Malkoçoğlu'yla bıyığı yanımda bitiveriyor.

"Dikkat etsene birader," diyor Hayrican.

"Görmedik dostum."

Göremez tabii. Nasıl görsün bu boyla?

"Nasıl görmedin ya, kız sehpanın üzerine kapaklandı."

Hayrican'la Ali beni ölene kadar oraya buraya düşen kız olarak hatırlayacak.

"Görmedik dedik ya!"

Çoğalıyor çocuk bir anda.

"Görecektin o zaman!"

E bunlar kavga edecek galiba az sonra. Olmaz. Kavga istemem. Ben buraya gelmek için ne yollardan geçtim. Bu gece bitecek ama şimdi değil.

"Olm bak git, elimden bi kaza çıkacak!"

"Asıl sen bas git, aklını alırım!"

Aklını alacakmış. 1.90 boyunda ve 120 kilo olan Hayrican'ın aklını alacakmış. Hem de 1.50 boyuyla. Sanırım aklını alırımdan kastı Hayrican'ın diz kapağını ısırmak.

Bence çocuk bu gece bayağı içmiş ama ağzıyla değil. Bu cesaretinin bir kaynağı varsa bile ben göremiyorum. Hiç bu kadar yakından şahit olmamıştım ki bir kavgaya hazırlık sürecine. Tuğçe yaklaşıyor yanımıza. Diz kapakçıya bir şeyler söylüyor, hınzır bir gülüş atıyor. Hayrican'ın kolunu iki okşuyor. Hop, dağıldı herkes kendi yoluna. Ne dedi acaba?

Dülger balığı gibi duruyorum locanın köşesinde. Retina taramama devam ediyorum. Çeşit çeşit insan var burada. Sağ tarafımızdaki locada futbolcular oturuyormuş. Ben nereden tanıyacağım, bizim masadakiler söyledi. Yanlarında ince, uzun, sarışın, Rus ırkının en güzel örneklerinden beş kız var. Kızlar muhtemelen elektrik-elektronik mühendisidir. Dört dil biliyorlardır ve Dostoyevski okuyorlardır. Tüm bunların üzerine bir de erkeğine kendini kral gibi hissettirip, börek açıyorlardır.

Erkeklerin Rus tutkusuna aşinayım. Üniversitedeyken değiş-tokuş öğrenci olarak gelen çok Rus kız vardı bizim okulda. Tabii herkes bunların peşinde. Birkaç arkadaşıma bu tercihlerinin sebebini sormuştum. Açık açık "Onları seviyoruz çünkü sizin gibi kıl değiller" cevabını vermişlerdi.

Ben önce %100 bir Türk kızı olmayı deneyeyim de tutmazsa Rus kızı olmayı denerim. Saçımı sarıya boyatınca anında bir Rus kızına dönüşeceğim ya... Ümit fakirin ekmeği.

Locamıza tepsi tepsi, rengârenk şatlar geliyor. Hayrican'la Ali her renkten birer bardak tutuşturuyor elime. İçmeyip de ne yapacağım? Mavi, yeşil, mor... Her renge aynı şefkati gösterip teker teker kafaya dikiyorum. Bir de arada yager diye bir şey geliyor. Ay ne fena bir şey bu!

Saatim yok, tam olarak bilemem, birkaç yager, birkaç şat önceydi. Başım dönmeye başlıyor sanırım. O da nesi, dans mı ediyorum ben? Dans etmeyi beceremem ki. Sanki Ali'nin boyu daha uzadı. Diz kapakçı da bizim masaya gelmiş, Hayrican'la şampanya patlatıyorlar. Yahu ne kolay bu erkeklerin arkadaş olması, keseceğim kendimi.

Reina'nın denize bakan cephede perdeleri kapanıyor. Hani bizim Boğaz manzarası, ne oldu ona?

Tuvalete gitmem lazım ama ya dönüşte locamı bulamazsam? Nerede ki buranın tuvaleti? Masadaki eriklerden cebime doldurup ekmek kırıntısı niyetine iz mi bıraksam ardımda? Bir şeyler arandığımı gören Ali yanıma geliyor.

"Ne oldu, bir şey mi istiyorsun Efsun?"

Bakın, Etiler metiler diyorum ama bunlar kibar çocuklar.

"Tuvalete gitmem lazım. Nerede?"

"Gel ben seni götüreyim."

Ben giderim yahu. Sen tarif et yeter. Çok sinir olurum erkeğin tuvalete yanımda sepet gibi gelmesine.

"Yok, ben giderim, sen yerini söyle yeter."

Diyorum ama Ali beni duymaksızın elimi tutuyor ve kalabalığı yara yara o önde, arkada ben ilerliyoruz. Ali parmaklarını parmaklarımın arasına mı geçirdi yoksa ben sarhoş mu oldum. İnsanların arasında ilerledikçe gözlerim şaşı görmeye başlıyor.

"Ali, benim başım dönüyor galiba."

"Zamanla geçeeer."

Yepyeni törpülettiğim tırnaklarımı koluna geçireceğim şimdi. Bak bakalım zamanla geçiyor mu? Kafa buluyor benimle. Ben tekim!

Derken aramıza kalabalık bir grup giriyor ve ellerimiz ayrılıyor. *Pi'nin Yaşamı*'nda denizin ortasında kalan zebra gibi kalakalıyorum Reina'nın ortasında. Paniklememeye çalışarak, ona buna sorarak tuvaletin yolunu buluyorum. İçerisi o kadar kalabalık ki yürümüyor, adeta sürükleniyorum tuvalete doğru. Şimdiye kadar bir tuvaleti bulduğuma bu kadar sevinmemiştim. Tüm kabinler dolu, önümde çılgın bir sıra. Mecburen bekleyeceğiz.

Kızları izliyorum. Kabininden çıkan kız güzelse, ilk olarak aynada poposuna bakıyor. Güzeller elini yıkamıyor. Sistematik bir şekilde makyajlarını tazeleyip parfümlerini sürüyorlar. Saçlarını öne sallandırıp hızla geriye doğru atıyorlar. Son olarak da aynaya haşin bir 'ya benimsin ya toprağın' bakışı fırlatıyorlar. Kabinden çıkan gösterişsiz ve hafif çirkince kızlar ise ilk olarak ellerini yıkıyor ve aynaya bakmadan tuvaleti terk ediyorlar. Enteresan.

Sıram ilerliyor. Lavabonun hizasına geliyorum. Tam yanımda iki kız konuşuyor.

"Kızıaam çocuk yıkılıyo! Saatini felan görmedin mi? Herif kaç şişe şampanya açtırdı. Bi de teknesi varmış 48 metre."

"Ay hoş çocuk da, yanındaki kız nişanlısı diil mi?"

"Ayırırız, n'olcak?! Üç dakikalık iş yanee."

"Ya tabee. İnş. cnm yaaa!"

"Farkında mısın kızaaam, spora başladığımdan beri iki kilo verdim, hatlarım belirginleşti."

Bence bırak sen o sporu. O kocaman kıçın daha da belirginleşirse sarı dolmuşlarda arkaya dördüncü olarak oturamazsın.

Tuvalet sırası bana geliyor. Kabine giriyorum. Denge sıfır. Bir sağa bir sola çarpıyorum. Tuvaletten çıkınca da lavaboya ilerliyorum. Kızlar hâlâ orada ve makyaj yapmaya devam ediyorlar. Kolay değil tabii. Saçlar kaynak, kirpikler ve tırnaklar takma, sutyenler destekli, gözlerde mavi lens... Spora gideceğine bunları çıkar, hop beş kilo verdin!

Yüzüme su çarpıyorum. Oh iyi geldi. Aynaya bakıyorum. Hayır! Makyaj yaptım ya ben bugün. Bütün rimel akmış. Korku filmi afişine dönmüşüm. Kanlı Cumartesi. Yeter ya! Hayat, beni neden yoruyosun? Nereden çıktı bu cümle?

"Şey, pardon, yanınızda yüzümü temizleyebileceğim bir şey var mı?"

Üçümüzün arasında en sarhoş benim. Orası belli. Kızlar esmer ama saçları sarıya boyatmışlar. Sarı da değil, platin. Yalnız kaşlar siyah kalmış. Herkes sarışın olmak zorunda ya.

Kaşı daha siyahça olan çantasından makyaj temizleme mendili çıkarıyor. O küçücük el çantasına bu kadar malzemeyi nasıl sığdırmış hiçbir fikrim yok. Kaşım patladı desem, gazlı bez ve oksijenli su da çıkar o çantadan kesin.

Yüzümü mendille silip tuvaletten çıkıyorum. Kızlara teşekkür ettim mi hatırlamıyorum. Ne kabayım, ya etmediysem. Dönüp etsem mi? Öperim bir de yanaklarından. Bir de kalçalarıyla ilgili dedikodu yaptım. Sarhoş Efsun.

Tuvaletten çıkıyorum. Nasıl dönüyor başım, anlatamam. Şuracıkta kıvrılıp uyumak istiyorum. Bu insan denizinin içinde nasıl bulacağım yuvamı? Hayrican'la Ali'yi hiç bu kadar özlememiştim. Beni bulsalar ve locama götürseler keşke. Bu kast sınıfı içerisinde neredeydi benim ait olduğum loca? Rotasız bir şekilde yürümeye başlıyorum.

Düşüp bayılacağım şimdi. Ah, boş bir koltuk, şuraya oturayım, sadece beş dakika. Başımın dönmesi geçene kadar. Sonra kendi locama gideceğim, söz...

Koltuğa oturmamdan tam olarak üç saniye sonra bir anda gözlerimin önünde bir ışık patlıyor. Sonra bir tane daha. Sanırım geçici kör oldum. Bu parlak ışığın arkasında bir adam ansızın görünüp kayboluyor. Fotoğrafımı mı çekti bu? Yine düştüm, çamaşırım göründü de ben mi fark etmedim? Ölmüşüm de haberim mi yok? Reina'da ayın alığı mı seçildim? Bir açıklama bekliyorum yetkililerden!

Flaşlı manyak yanımızdan hızla uzaklaşırken ben de halihazırda dönen başımı hafif geriye doğru çeviriyorum. Kimin locasına oturdum ben?

Bu adamı bir yerden tanıyorum ama çıkaramadım. Bizim okuldaki felsefe hocasına çok benziyor. Ama felsefecinin burada işi ne? Esas benim işim ne? Ben bu adamı nereden tanıyorum?

E bu Serdar Ortaç!

Çok saçma ama gerçek. Serdar Ortaç'ın locasına oturmuşum. Locada bir sürü yıkılan kız ve erkek var. Serdar Ortaç'ın yanında yüzü ay parçası gibi sarışın bir kız oturuyor. Gözlerini birbirlerinden ayırmıyorlar. Bir de ben.

Bizim fotoğrafımızı çektiler. Niye kimse kalk demedi bana? "Ne işin var senin burada Türk tüpü?" diye niye sormadı bu locadaki güzel insanlar? Gazeteye basılmaz, değil mi? Ne olur basılmasın. Google'da Efsun yazınca bu fotoğraf çıkmaz, değil mi? Kim çekti bizi, bulup kıracağım makinasını! Havada uçan sinek bile benden daha bilinçli. En azından konacağı yeri biliyor. Ne oturursun el âlemin locasına. Hele ki Serdar Ortaç'ınkine! Al işte, ölene kadar Google'da kalacak o fotoğraf.

Sanırım az sonra ağlayacağım. Gözyaşlarımın akacağını, boğazımın düğümlenmesinden anlıyorum. Ağlama Efsun. Lütfen ağlama. Bir de ağlarsan Ekşi Sözlük'e düşersin. Alın, hayatımı bir komedi dizisi yapın. Filmimi çekin. Ben sadece ekranlardan konuk olayım evinize. Gerçek hayatta var olmayayım.

Tam bu duygu selinin ortasında biriyle göz göze geliyorum. O gözlerle arama giren insanlara sanki Hazreti Musa elindeki değnekle dokunuyor ve insanlar iki yana açılıveriyorlar. Hem zaman hem de başımın dönmesi duruyor. Gözlerine kilitlenmiş durumdayım. Tanıyorum ben bu gözleri.

Sinan.

Sizi bir dakikalık saygı duruşuna davet ediyorum. İlk âşık olduğum ve aşkımın büyüklüğünü hiçbir zaman kendisine itiraf edemediğim Sinan, uzaktan bana bakıyor. Lise 1'den bugüne... Tam on dört yıl sonra... Sinan yine karşımda. İyi ki lensleri takmışım.

Lisede başka bir okula geçmiştim üniversiteye daha iyi hazırlanabileyim diye. Okulun ilk günü, akşam servise binmek için merdivenlerden inerken bu gözleri görmüştüm. Bugün de aynı berraklıkla hafızamda o an.

İnsanın başına bir kere mi geliyor acaba böyle bir şey? Hayatımıza insanlar girdikten, ilişkiler konusunda tecrübe edindikten sonra kimse kimsenin ilki olmuyor ve o ilk taze bakış gibi hatırlamıyorsun hiçbir şeyi. Şimdi hayatımıza giren insanlarla bir ilki paylaşabilmek, hafızalarında kalıcı bir yer edinebilmek için ciddi bir mücadele veriyoruz. Safça sevmek bitiyor.

Sonra o gözlerin sahibiyle beni aynı servise koymasınlar mı? Başlarda, en arkadaki koltuğun sağ ve sol penceresinde birbirimizle konuşmadan gittiğimiz yollar, sonraları discman'lerimizde dinlediğimiz müzik bizi koltuğun ortasında buluşturmuştu.

Sabahları bizim evin oraya geliyordu, servisi beraber bekliyorduk. Akşam dönüşte servisten beraber iniyor, orada burada dolanıyorduk. Bitmiyordu ki sohbetimiz. Eve geç kaldığım için kaç kere annemden fırça yemişimdir.

Bize sık sık gelirdi Sinan. Anneannem, "Yatırım yap bu çocuğa" derdi hep. Daha o yaşta...

Dalgalı kumral saçları, bembeyaz dişleri ve görkemli siluetiyle Sinan benim için dünyadaki en mükemmel erkekti. Bana karşı tek kaba bir davranışı olmamıştı. Komikti, yardımseverdi. Arada bir benimle uğraşırdı ama ona o kadar âşıktım ki kızma faslına geçemeden onu her seferinde yeniden, daha fazla severdim.

Kuş seslerini ovalara yayan arkadaşlığımız güzel gidiyordu. Ta ki ailesi Sinan'ı Lise 2'de İsviçre'ye gönderene kadar. Gitmeden önce bir işaret bekledi benden. Ama beton kafalı ben, umursamıyormuş gibi yaptım. Belki de içimden küstüm ona gittiği için. İsviçre'ye gittiği ilk yıl boyunca her ay bana bir mektup gönderdi.

Sonrası... Bu an. On dört yıl sonra içinde bulunduğumuz bu anda onunla tekrar karşılaştım.

Bana doğru yürüyor. Toparlanmalıyım. Vücudum zangır zangır titriyor. İnsan on dört yıl sonra nasıl aynı şiddetle titrer? Reina bu gece benim sabrımı mı deniyor?

Bu çocuk hiç değişmemiş. Korkarım daha bile iyi olmuş. Daha erkeksi. Ve 1.80!

Aramızdaki insanlar, onun attığı her adımla su buharı gibi kayboluyor. Uzaklardan biri ismimi fısıldıyor. Ali bu. Suratına boş boş bakıyorum. Çekil git başımdan Ali, ben sana göre değilim.

Tekrar Sinan'dan yana çeviriyorum yüzümü. Yanıma gelmesi sanki bir ömür sürüyor. Haydi daha hızlı gel çünkü ayaklarım yere çivilendi, hareket edemiyorum ben.

Yaklaştıkça kokusu burun deliklerimden içeri girmeye başlıyor. Aynı parfüm. Bu kadar yıl kim bilir kaç kere bu parfüm burnuma geldi. Konuşmasın lütfen. O kadar özlemişim ki, görüntüye bir de ses eklenirse boynuna atlayıvereceğim.

Heyecandan kalbim ağzımdan çıkacak. Yanaklarım yanıyor ama ellerim buz kesti. Gülümsüyor. Olduğum yere çakılıyorum. Hiç böyle bir karşılaşma yaşayacağımızı hayal etmemiştim. Ona söyleyeceğim ilk sözün çok saçma bir şey olmasından feci şekilde korkuyorum.

"Efsun?"

Kimse adımı onun kadar güzel söylemedi şimdiye kadar. Adımı ondan her duyuşumda daha bir hoş gelirdi bana. Şoktan çık Efsun, yalvarıyorum. Sen de onun adını söyle. Haydi aç ağzını, yapabilirsin.

"Ben size ne dedim?"

Sabahattin Ali beliriyor Sinan'ın yanında. Her zamanki gibi çok şık. Ceketinin cebinde üçgen şeklinde katlanmış açık mavi bir mendil var.

"Ne dediniz Sabahattin Ali?"

"Sizi olduğunuz gibi seven biri çıkacak demedim mi?"

"Dediniz."

"Siz kısmetsiz değilsiniz. Sadece bu konuları çok fazla düşünür oldunuz. Rahat bırakın kendinizi."

Peki. Rahat bırakacağım. Sabahattin Ali haklı. Derin bir nefes alıyorum. Konuşmaya hazırım.

"Sinan?"

Buzluktan çıkarılıp cayır cayır yakan güneşin altına konulan bir buz kalıbı gibi eriyorum. Bir aydınlanma yaşıyorum. Sanki tertemiz hissediyorum kendimi. Her şeyden arındım. Hafifledim. İçim umut ve güvenle doldu. Birine güvenmeyi özlemişim.

Sinan bir adım daha atıp bir nefes mesafesi uzağımda duruyor. İşte tam şu anda onu dudaklarından öpmek için ölüyorum çünkü yanaklarından öpmek, ellerini tutmak, sarılmak veya saçını çekmek hafif kalacak, içimdeki hisleri tatmin etmeyecek. Yapmam gereken şey tam olarak onu o dolgun dudaklarından hafifçe ısırarak öpmek. Ne olacaksa olsun. Kimse bu anı benden alamaz. Umurumda değil. On dört yıl bekledim ben.

Gözlerimi sımsıkı kapıyorum. Dudaklarımı aralıyorum ve...

Sinan'ın ayakkabılarının üzerine kusuyorum.

VI

BAŞIM ALIP NİRE GİDEM?

"Kaçırılan fırsatlar asla akıldan çıkmıyor ve her hatırlayışta insanın içini sızlatıyor. Bunun sebebi herhalde "bu öyle olmayabilirdi" düşüncesi, yoksa insan mukadder telakki ettiği şeyleri kabule her zaman hazır."

Kuş sesleri ovalara yayılıyor. Bal yapanlar çiçeklere konarken, kuzucuklar taze çimen arıyor. O şarkı gerçekmiş. Yemyeşil bir vadinin ortasındayım. Seferoğullarıyla Tellioğullarını kapıştıracak cinsten... Üzerimde beyaz, uçuş uçuş bir elbise. Ayaklarım çıplak. Çimlere her basışımda toprak kokusu bedenimin içine girip, nefesimi açıyor. Uzakta Sinan'ı görüyorum, yere oturmuş, kafası önüne eğik. Yanına doğru yürüyorum. Kaldırıyor kafasını, güzel gözleri parlıyor. Bana papatyalardan taç yapmış. Aşkın katı hali, sıvı hali, gaz hali derken sonunda saf halini hissediyorum. Tacı Sinan'dan almak ve dudağına bir öpücük kondurmak için dudaklarımı aralıyorum ve...

"Şak!" diye açılıyor gözlerim.

İlk birkaç saniye rüyanın etkisiyle salak bir gülümsemenin tadını çıkarıyorum. Derken, ovalara yayılan kuş sesleri at kişnemesine dönüşüyor beynimde yavaş yavaş. Bir önceki gecenin detayları telefonu açtığınızda dink dink diye gelen mesajlar gibi zihnime düşüyor.

Nasıl geldik ki biz eve dün gece? En son tuvaletteki siyah kaşlı sarışınları hatırlıyorum. Sonra çıktım tuvaletten. Locayı aradım. Sonrası... Kayıp. Dün gece eve nasıl geldiğimle ilgili zihnimde en ufak bir ipucu yok. Tuvaletten sonrası henüz kesilmiş bir nişan kurdelesi gibi kopuk. Çok enteresan. Kötü bir şey olmamıştır değil mi? Neyse Tuğçe'yle Ceren'e sorarım.

İncecik pikemi kaldırıp üstüme başıma bakıyorum. Tek parçayım. El ve ayak parmaklarımı sayıyorum. Toplamda yirmi. Asayiş berkemal. Yalnız garip bir koku geliyor burnuma. Benden mi? Yok canım, mis gibi kokarım ben. Nereden geliyor peki?

Ayaklanıyorum. Yatağımda doğrulup, oturuyorum. İki elimi dizlerimin üzerine koyuyorum. Üzerimde saçma sapan, sarı bir gecelik var. Ne çirkin bir şey. Annemin değil miydi bu gecelik? Niye giydim ki?

Ellerimle saçlarımı yokluyorum. Tiftik keçisi gibi olmuş kafam. Saç tellerim birbirine düğümlenmiş. Gözlerim yanıyor. Kesin mosmor ve şiş haldeler. Bir yandan da üşüyorum.

Üzerimde annemin civciv sarısı dantel uzun geceliği, sırtımda pike, evsiz bir Meksikalı gibi salona doğru yürüyorum. Salonun kapısını açmadan önce ağzımı açıp olabilecek en çirkin şekilde esnemeye başlıyorum. Kapıyı açmamla birlikte tam karşımdaki koltukta kimi görüyorum dersiniz?

Sinan'ı.

Şaşkın bir halde bana bakıyor. Esnemem bitmemişti, ağzım hâlâ fırın gibi açık. Tek kelime etmeden arkamı dönüp salondan dışarı çıkıyor, kapıyı dışarıdan kapatıyorum.

Uyanmadım mı acaba daha? Salondan annemin sesi geliyor.

"Efsuuun, bebeğim gelsene yanımıza."

Efsun bebeğim. Bu yapmacık sesleniş... Olamaz. Sinan gerçekten bizim salonda. Niye kimse beni uyarmadı? Sinan her gün sabah kahvaltısına mı geliyor ya bize? Niye biri de odama gelip bu sarı geceliği üzerimden çıkarttırmadı? Saçlarımı tarasaydım bari. Şu kokunun kaynağını bulsaydım. Niye beni salona çağırıyorsun a Gönül? Halimi görmedin mi, toplum içine çıkacak durumda mıyım? İnsanın arkadan kuyusunu kazan, mutluluğunu istemeyen kişiye akraba denirmiş. Yazık.

"Efsuncuğuummmm!"

Bak hâlâ çağırıyor. İnanmıyorum Sinan'ın burada olduğuna. Gerçekten Sinan niye burada? Bu kadar yıl sonra neden bizim salonda? Beni çok özlediyse dışarıda da buluşabilirdik. Atladığım bir nokta var ama henüz bulamadım ne olduğunu.

İki elimi alın çizgimden başlayarak, saçımın suyunu alır gibi aşağıya kadar kaydırıyorum. Çok düzeldi. Süper oldum. Bu geceliğe gelince... Neresinden tutsam elimde kalacak. Pikeyi atayım bari üzerimden. Ok yaydan çıktı. Yapacak bir şey yok. Salağa bağlayıp sanki demin içeriye girmemişim gibi tekrar kapının koluna uzanıp salona adım atıyorum.

Sağ ayakla tekrar giriyorum. Haydi bismillah.

Yine ilk Sinan'ı görüyorum. Yanında da anneannem, Tuğçe, Ceren, Merve, Alara, Üresin, Türesin. Algıda seçicilik yaptığım için Sinan dışındakileri fark etmemişim içeriye ilk girişimde. Neden bunlar 'Sinan ve müritleri' şeklinde oturuyorlar?

Yerli malı haftasında kivi kılığına giren yerli mal olarak bir sandalye çekip bir köşeye ilişiyorum.

"Kızım, arkadaşına merhaba demeyecek misin? Ay bizim Efsun çok esereklidir."

Hem bana bu sarı dantel geceliği giydirmiş hem de alenen deli diyor. Şoktayım şu anda. Anneannem ayağa kalk, çocuğu öp diyor gözleriyle. O gözlerle roman yazar bu kadın.

Ölmeden önce Sinan'ı bir kez görsem derken böyle bir karşılaşmayı kast etmemiştim. Bunca yıllık hayal kırıklıklarından sonra bir anda dileklerim gerçekleşmeye mi başladı?

Salonun içinde ölüm sessizliği var. Biri konuşsun elinizi eteğinizi öpeyim. Beni bu sarı geceliğimle ortada bırakmayın. Sinan imdadıma yetişiyor.

"Efsun, daha iyi oldun mu?"

"Neye göre daha iyi?"

"Dün geceye."

Ne oldu ki dün gece? İçimi bir korku kapladı bak şimdi. Kalbim Sinan yüzünden mi az sonra duyacaklarım yüzünden mi dörtnala atmaya başladı inanın bilmiyorum.

"Dün gece ne oldu ki?"

"Seninle karşılaşmamızı hatırlamıyor musun?"

Tuğçe'yle Ceren'in yüzüne bakıyorum. Gözler aşağıda. Kesin bir halt yedim ben dün gece.

"Biz dün karşılaştık mı?"

"Ah be yavrucuğum, ne vardı o kadar içecek?

Efsun'un alkolle arası hiç yoktur aslında Sinancığım," diye lafa giriyor annem.

Çok kötü hissediyorum kendimi. Ne halt yedim ben?

Sinan anlatmaya başlıyor. Reina'da beni görmüş. Tabii çok şaşırmış. Ben o sırada Serdar Ortaç'ın locasında oturuyormuşum. Sinan bir anlam verememiş bu duruma. Yanıma yaklaşmış. "Efsun," demiş. Ben de "Sinan," deyip ayakkabılarının üzerine kusmuşum.

On dört yıl sonra, hayatımın aşkının ayakkabılarının üzerine mi kustum ben? O dangalak kardeşlerim bana o kadar akıl vereceğine elime rengârenk içkileri tutuşturmasaydı ya.

Sinan beni apar topar kızlar tuvaletine götürmüş. Bu arada Ali de oradaymış. Bu ikisi beni iyice kusturmuşlar, elimi yüzümü yıkamışlar. Tuvaletten dışarı çıkmışız. Ben yine Serdar Ortaç'ın locaya doğru hızlı adımlar atmışım. DJ'e "Evli, Mutlu, Çocuklu"yu çal diye bağırmışım. "Şampanya açın bana" demişim. Sonra küt diye barın orada kendimden geçmişim. Önde Hayrican'lar, arkada Sinan, iki araba beni eve getirmişler. Yol boyunca Demet Akalın diye sayıklamışım.

Sinan beni yukarıya çıkarmış. Kardeşlerim de benim gibi ağızlarıyla içmedikleri için uçuş pozisyonundaymışlar, olaya müdahil olamamışlar. Bizim gelişimizle bütün ev halkı uyanmış. Üresin'le Türesin bile gelmiş bize. Annem bir saat onlara durumu açıklamaya çalışmış. Sinan beni annemlere teslim ettikten sonra gitmiş. Beni yıkamaya çalışmışlar, tutturmuşum banyoya girmeyeceğim diye. Annemin sarı geceliğini giymek istemişim ki annemin öyle bir geceliği olduğunu dahi hatırlamıyordum bu sabaha kadar. Kusmuklarım saçlarıma yapışmış halde yatıp uyumuşum.

O pis koku bizzat benden geliyor yani. Kendi kusmuğumda boğulaydım keşke. Allah beni şu anda çirkin bir kurbağaya dönüştürsün sonra sineksiz bir dereye koysun. Besin halkasının son zinciri olayım.

Sinan'ın anlattığı her şey doğru mu diye yine kardeşlerime bakıyorum. Gözleri hâlen yerde, elleri saçlarında. Kesin doğru Sinan'ın anlattıkları, belki beni utandırmamak için çocuk eksik bile anlattı. 'Yerin dibine girmek istemek' deyimini ilk defa iliklerime kadar hissediyorum. Nasıl utanıyorum anlatamam. Ben bu iğrenç olayı nasıl atlatıp Sinan'la "Eee, 14 yılda neler oldu hayatında?" muhabbeti yapacağım? Mümkün değil.

Herkes kim bilir ne düşünüyor hakkımda. Anneme bir bakış atıyorum. Sonra anneanneme. Kuzenler, Üresin, Türesin. Hepsinin suratında meleksi bir ifade var. Enteresan. Sanırım Sinan'ın burada olması hoşuna gitti bunların. Başka zaman olsa annem terliği kafama fırlatmıştı.

Sinan'a bakıyorum. Gülümsüyor. Bu bir 'Merak etme ben hep yanındayım' gülümsemesi mi yoksa ben hâlâ sarhoş muyum?

Dolaptaki kıyma dört günde bozulurken duygular nasıl taze kalıyor? Bu kadar yıl içinde hayatıma giren veya gireyazan dört-beş tipte hep bunu aradım. Özünde saf sevgi olan, kayıtsız şartsız gösterilen bu iyi niyeti... Birbirinize karşılıklı olarak ne yaparsanız yapın, kalp kırıcı laflar söyleyin, ayakkabılarına kusun... Yine de sizi sevecek birini...

Peki ben Sinan'dan neden koşarak kaçtım bu kadar yıl önce? Çok küçüktüm. Bilmiyordum ki böyle bir sevginin insanın avucuna nadiren düşebileceğini. Büyüyünce de bu duyguların karşıma sıkça çıkacağını sandım. Ben küçüktüm ama onun sevgisinin yaşımızla ilgisi yoktu. Bazı insanların kalbi iyilikle doludur. Size enerji verirler, yükseltirler. Bazıları da kararmış tahta masalarında sizi de yanına oturtur, kanınızı emerler. Siz tükendikçe kendilerine bağladıklarını sanırlar. Onlara gül verirsiniz, "Dikeni elime battı" derler. Siz güvenmek istersiniz, onlar "Kızım, herkes birbirini aldatır, gerçek dünyaya dön" diye sizi sarsarlar. Bu dangalaklarla uğraşırken bir de bakarız iyi olan elimizden kaçırmış.

Sinan'ı tanıdıktan sonra ona ne derece bağlanabileceğimi görüp ondan korktum. Çünkü Sinan'a bağlanmam kimselere bağlanmama benzemeyecekti. Sizi olduğunuz gibi kabul eden -bakın geyik yapmıyorum- her halinizle seven birini bulmuşsanız farkında olmadan bağlanırsınız bir şekilde. Süslenin, rujlar sürün, fönler çekin... Boş. Tutup da adamın ayağına kusarsanız bakın bakalım ertesi gün evinize gelip size böyle bir gülüş bahşediyor mu?

Murathan Mungan ne demiş? *Biz büyüdük ve kirlendi dünya.* Evet kirlendi. Ama kirlenen sadece dünya. Bu pislik içinde kalbi tertemiz kalanlar da var. Siz varsanız, sizden bir tane daha olmalı bir yerlerde. Zeus hıyarının küresi diye kırk saat boşuna anlatmadık herhalde.

Umutsuzluk nezle gibi bir hastalık. Sanırım ben de bu hastalığa kapılmıştım.

Düşünce bulutlarımın arasından Sinan beni gerçek dünyaya döndürüyor.

"Efsun ben ne zaman dinleyeceğim sen neler yaptın bu kadar yıl? Bence bu karşılaşmayı saymayalım!"

Ay n'olur sayalım. Herkese anlatabileceğimiz daha romantik bir hikâye olamazdı. Annem hemen lafa atlıyor.

"Sinancığım, akşam bize yemeğe gelsene."

Hayır. Çocuk baş başa görüşelim dedi. Sizi kastetmedi. Ya bir bırakın, bir huzur verin!

"Gelirim Gönül teyzeciğim. Özledim yemeklerinizi zaten."

Of. Bu da gelirim dedi. Gelme Sinan. Kaç vakit varken.

"Aaaa, boynuz kulağı geçti. Akşam yemekleri Efsun hazırlar. Bir peynirli börek yapıyor, aklın durur."

Annem gururla bana bakıyor, ben de kafamı çevirip arkama bakıyorum. Kim peynirli börek yapıyor, ben mi? Ekmeğin üzerine bir kibrit kutusu büyüklüğündeki beyaz peyniri bile düzgün yerleştiremem ben. Her seferinde düşürürüm. Ne peynirli böreği?

"Gerçekten mi? O zaman akşama ziyafet var desenize. Efsun, sen ne diyorsun?"

"Gel tabii Sinan. Böreğimi tat mutlaka."

Dedim ve zincir tam bu noktada koptu. O kopuşu hissettim. Oyuna girdim. Geri dönüşü var mı bilmiyorum. Karnım ağrıyor. Sinan'ın elinden tutup koşarak bu evden çıkmak istiyorum çünkü başıma gelecekleri hissediyorum.

"Ben izninizi isteyeyim o zaman. Efsun, görüşürüz akşama."

"Görüşürüz Sinan. Dün gece için gerçekten özür dilerim."

"Lafını bile etme. Çok tatlıydın dün gece."

Çok tatlıydım? Ben? Kusarken? Kafa mı buluyor benimle?

Sinan'ı cümbür cemaat yolcu ederken herkesten bir adım geride duruyorum. Onun kapıdan çıkışını izliyorum. Ailenin tüm kadınları "Güle güle" diyorlar Sinan'a. Kapıyı kapatmalarıyla annemin tiz bir sesle haykırması bir oluyor:

"Efsun, kedi olalı bir fare tuttun sonunda!"

Akabinde sanki nikah yüzüklerini takmışız gibi tebrikleri kabul ediyorum. Utanmasalar beşi bir yerde takacaklar boynuma. Kuzenlerim Alara ve Merve boynuma sarılıyor. Bunlar da sarışın. Kardeşlerimden bir lokma daha kısalar. Al benimkileri vur bunlara.

"Efsuuun, çocuk yıkılıyoooo!!"

"Sen bunu sakın kaçırma taam mıı?"

Taam!

Üresin'le Türesin demin gülerek dinliyordu salondaki konuşmayı ama şimdi başka bir boyuta geçtiler, akşama ayşekadın mı, barbunya mı pişirsinler, karar vermeye çalışıyorlar. Anneannemin gözlerinden dövizli bayraklı bir fener alayı geçiyor. Annem, önüme geçip iki omzumdan kavrıyor. Önemli bir şey söyleyecek sanırım.

"Ayağına terlik giy, yumurtalıklarını üşüteceksin."

Yumurtalıklarıma gelene kadar beynimi üşüteceğim. Övündüğüm bir zekam, bir de kişiliğim vardı, onları da kaybediyorum.

"Hemen banyoya giriyorsun. Şu kokudan bir kurtul. Sonra doğru kuaföre. Ben yemekleri yapmaya başlayacağım. Bir de sana liste vereceğim, gelirken al hepsini."

"Böreği ben yapmayacak mıyım?"

"Sen nasıl yapacaksın o böreği? Ekmeğin üstüne peynir koymayı beceremezsin."

Ben de aynısını düşünmüştüm de niye çocuğa öyle dedik o zaman? Annem yapacak, ben yapmışım gibi mi yutturacağız? Ben sandım ki annem bana öğretecek, beraber yapacağız.

"Haydi ne sallanıyorsun, banyoya hemen!"

Tamam be. Suyun altına girince çıkarım belki şoktan. Bana sıhhatler olsun, yurduma da kutlu olsun bu akşam.

Banyodan çıkar çıkmaz Alpdirek and Friends'e gittim. Bu kez tek başıma. Yine bahşiş veremedim. Annemin listesini tamamladım ve eve döndüm. Torbaları mutfağa bıraktım. Babacığım orada.

"Getirdin mi kızım?"

Acaba dün gece yaşananları biliyor mu? Bugün salona uğramadı hiç.

"Baba, özür dilerim dün için."

"Olur öyle arada boş ver. Annen havalarda uçuyor. Bizim Sinan çıkmış ortaya. Sen seviyordun onu çok."

"Yok, biz arkadaştık."

"Haydi öyle olsun. Peynirle yufka nerde?"

"Sen mi yapacaksın böreği?"

"Annen kuaföre gitti, bana kaldı börek."

Pes. Böreği ben yapamıyorum, annem yapmıyor, babam yapıyor, iyi mi? Çocuğa söylesem inanmaz zaten. Bence erkeklerin emeklilik yaşı 82'ye çıkarılsın, evde börek yapmasınlar.

"Var mı bir şeye ihtiyacın?"

"Yok, hazırlan sen kızım."

Tuğçe ve Ceren giyinmiş. Hemen odaya alıyorlar beni. Giyinme-süslenme faslını takiben, annem, o büyük ceviz konsolun içinde sittin senedir sakladığı yemek takımlarını çıkarıyor kardeşlerimle masayı hazırlamamız için.

Akşam oldu, hüzünlendim ben yine. Saatler sekizi gösteriyor. Umarım sayımız bu kadarla sınırlı kalır ve başka kimse gelmez yemeğe. Annem ev ayakkabılarının altını silmekle meşgul.

Kapı çalıyor. Herkeste bir heyecan. Gelen Peyker Hanım. Tüm heybetiyle bir manolya ağacı gibi kapıda duruyor. Beyaz bir döpiyes giymiş. Saçlar yine topuz.

Kendi heyecanımdan geçtim, akşam bir yamukluk olmasın diye dua ediyorum. Bir daha çalıyor kapı. Sinan. O ne yahu? Annem kapının iç kısmına çarşaf gibi ıslak bir temizlik bezi yaymış. Çocuğa ayakkabılarının altını sildirecek. Bir de kloraklı kova koyaydın, Sinan ayaklarını yıkardı. Eve ayakkabıyla girmiyoruz ki biz. Söyle çocuğa çıkarsın.

Sinan kapıdan giriyor. Sabah ayrı, akşam ayrı yakışıklı. Bir insan varlığıyla ışıltı ve enerji saçar mı? Saçıyor işte. Herkese merhaba diyor, teker teker el sıkıyor. Beni yanaklarımdan öpüyor. Beni öpünce, dolmuşun ön camında kafası sallanan köpek gibi başım oynamaya başlıyor. Kırmızı şarap getirmiş. Çok nazik ama şişeyi görünce bir fena oldum, midem bulandı yine. Alkol bütün kötülüklerin anasıymış gerçekten.

Önce salonda oturuyoruz. Hoş geldin, beş gittin... Hafta sonu yağmurlu olacakmış... gibi lüzumsuz geyikler yapılıyor. Normal şartlar altında susmamacasına konuşan ben, dut yemiş bülbül gibi oturuyorum koltukta.

"Efsun, seni ilk defa makyajlı görüyorum."

Tam ağzımı açacağım, anneannem giriyor lafa.

"Aaa, Efsun bakımına çok düşkündür."

Sinan beni yüzüme Arko krem bile sürmediğim günlerden bilir. Şimdi değiştim Sinancığım. Rimelsiz bakkala bile gitmiyorum. Yüzüme ayrı, göz altıma ayrı krem sürüp, kaşlarımı da her gece yatmadan önce besleyici yağ ile şımartıyorum. Tabii, dün Reina'nın tuvaletinde yüzümü temizlediğim için makyajlı halimi göremedin. Yüzümü de nasıl temizledim, Allah bilir.

"O zamanlar da bakımlıydı ama makyaj yapmazdı demek istedim."

Sinancığım, ne desen boş. Sen akışına bırak.

"Haydi sofraya geçelim," diyor annem. Sonra da bana dönüp, "Efsuncuğum getir bakalım şu meşhur böreğini. Oktaycığım, sen de Sinan'ın getirdiği şarabı açıver. Ne kadar naziksin Sinancığım" diye ekliyor. Cığım'lar ciğim'ler havada uçuşuyor. Hıı, böreğim de çok meşhurdur hakikaten, özellikle İç Anadolu Bölgesi'nde.

Mutfağa gidiyorum. Börek fırında. O böreği fırından alıp tepsiye bile koyamam yere düşürmeden. Annem malını biliyor tabii, arkamdan anneannemi göndermiş.

"Çekil bakayım, ben koyarım tabağa. Sen Türesin'in yaptığı pilakiyi al dolaptan."

İçeride yavru güvercin, mutfakta angut kuşu muamelesi. Türesin barbunya mı yapmış? Emin miyiz o tabaktakinin gerçekten barbunya olduğuna? Barbunya yaparken dikiş falan dikiyorduysa araya düğme de karışmış olabilir.

"Haydi sallanma!"

Anneannem bir tepsi böreği elime tutuşturuveriyor. Ben, Reina'da herkese selam veren Romalı Hayrican edasıyla elimde börek tepsisiyle salona yürüyorum. Herkes sofradaki yerini almış. Benim yerim, Sinan'ın yanı.

"Efsun gözlerime inanamıyorum. Sen mi yaptın gerçekten?"

Gözlerimin bir tabanca olduğunu varsayarak önce annemi, sonra da anneannemi kaşlarının ortasından vuruyorum. Tuğçe ve Ceren kikirdiyor.

"Evet. Ben yaptım."

"Nasıl yaptın?"

Nasıl nasıl yaptım? İçi peynir, üstü yufka. Altında da yufka var gerçi. Yufkayı peynirlerin arasına serpiştirmiş olabilirim -olmayabilirim de. Tam emin değilim. Sonra fırına koydum. Elli derece... Yok elli az. Yüz derecede pişirdim. Ne bileyim nasıl yaptım? Ben yapmadım ki! Hay ben bu peynirli böreğin içine tüküreyim. Hatta mümkün olsa da kendi yüzüme tükürsem. Yumurtalıklarını üşütme diyeceğine şu peynirli böreği tarif ediverseydin ya iki dakikada. Bu çocuk niye soruyor ki bunu? Böreğini ye, tarifini sorma.

Annem bir şey söylemek üzere açıyor baldan tatlı ağzını.

"Sinancığım, bu bizim ailemizin kadınlarının gizli tarifi. Paylaşmıyoruz."

Diyor ve şuh bir İzmirli kahkahası patlatıveriyor. Evet, milletin nesilden nesle aktarılan, elli sekiz hastalığı birden aynı anda iyileştiren ebegümeci şurubu tarifi vardır, bizim de kel peynirli börek tarifimiz var. Çok gizli. Kimselere vermeyiz.

Sözü anneannem devralıyor. "Sen bir de barbunya pilakisini ye Efsun'un."

Bir kitap yazmak istiyorum 'İçimdeki Emine Beder' isimli. Eğer o pilakiden düğme çıkarsa yemin ederim söylerim Türesin'in yaptığını.

"Efsun sen ne becerikliymişsin."

"Evet. Çok severim yemek yapmayı Sinan. Pilakiyi nasıl yaptın diye sorma, tahmin edersin ki o da aile sırrı. Bizim ailenin yüzyıllardır sakladığı ve mezara götüreceği iki sır var, biri peynirli börek öbürü pilaki. Bunlar dışında içimiz dışımız bir."

Hop. Bugün içindeki en uzun repliğimi söyledim. Sinan kahkahayı patlatıveriyor.

"Özlemişim senin bu yorumlarını Efsun."

Gülümsüyorum çünkü kendim gibi olabiliyorum onun yanında. Birbirimize "seni anladım" bakışı atıyoruz. Mutluluğumuz annemin direktifiyle bölünüyor.

"Efsuncuğum haydi şarabı da getiriver."

"Gönül teyzeciğim balon kadeh var mı?"

"Niçin Sinancığım?"

"Getirdiğim şarabın tadını daha güzel alırız balon kadehte."

"Tabii var. Ben getireyim mutfaktan. Efsun, sen de gel yardım ediver bana bebeğim."

Yine bebeğim dedi. Mutfağa gitme hakkımı başkasına verebilir miyim? Annem önde, ben arkada mutfağa gidiyoruz. İçeriye girer girmez annem mutfağın kapısını hızla kapıyor ve bana dönüyor.

"Balon kadeh ne?"

"Var ya böyle ağzı geniş, tombul şarap bardakları."

"Ne bileyim ben, hayatımda duymadım!"

"E niye var dedin?"

"Ne diyecektim? Ziltrilyoner çocuk bizim evimize yemeğe gelmiş, masada bir tek kuş sütü eksik, balon kadehimiz yok mu diyecektim?"

Kuş sütü eksikmiş. Barbunyayla peynirli börek var bir tek. Sanki masayı havyar, şampanya ve kaz ciğeriyle donattık.

"Deseydin keşke. Ya da ben içeri gideyim, yokmuş diyeyim."

"Sakın. Ölsem de o balon kadehi bulacağım."

"Nereden bulacaksın ya? Banyoya cam üfleyen adam mı sakladınız? Balon kadeh mi yapacak iki dakikada?"

"Git, Nur teyzenlere sor..."

"Anne, ne arar Nur teyzemde balon kadeh?"

"Komşulara sor. Yan apartmandaki Müyessir'e sor."

Annem bildiğin delirdi. Müyessir 92 yaşında. Yan apartmandaki Müyessir Teyze'nin zilini çalıp "Müyessir teyzeciğim pardon bizde bitmiş de, sizde balon kadeh var mı?" mı diyeceğim? Onun zamanında kilden yapılmış bardaklar vardı.

"Anneciğim biraz sakin olsana. Yokmuş deriz, geçeriz. Sinan takmaz öyle şeyleri."

"Rezil olduk."

"Anne, dün çocuğun ayakkabılarına kustum. Sabah o iğrenç sarı dantel gecelikle ve tel tel kusmuklu saçlarımla karşısında oturdum. Rezil olan biri varsa o da benim. Haydi dönelim masaya. Bu kadar zaman balon kadeh mi aranırmış, Antik Yunan gömüsü mü bu?"

Annem ikna olmuyor ama yapacak bir şey olmadığını da biliyor. Uygun adım, salona doğru ilerliyoruz.

"Sinancığım, kırılmış balon kadehlerin hepsi. Bunda içsen olur mu?"

Bari yalan söyleme be Gönül. Yapma dedim, yaptın Gönül.

"Önemli değil Gönül teyzeciğim, bunda da içeriz."

Nihayet yemeğe başlıyoruz. Hayır bir şey değil, böreğim soğudu. Bakın nasıl sahiplendim hemen.

Sinan'ın yerinde başkası olsa biz mutfağa balon kadeh almaya gittiğimizde evden tüyerdi. Onu geçtim, ben Sinan olsam, dün ben üzerine kustuktan sonra kendimden geçtiğimde üzerime bir şal attırıp, beni barın yanında bırakırdım. Oysaki Sinan burada. Bir amacı mı var? Evlenmeye karar verdi de beni eski arkadaşı diye nikâh şahidi mi yapmak istiyor? Kitap yazdı da benim çalıştığım yayınevinden mi çıkartacak? Sosyoloji doktorası yapıyor da bizim ailenin manyak kadınlarını mı inceliyor? Hayırlara vesile...

"Sana bir sorum var. Futbol sever misin? O zamanlar pek sevmezdin diye hatırlıyorum ama..."

Sevmem. Daha yeni atlattım Beşiktaş Çarşı'daki denizanası vakasını. Timur'un *şarz* diyen o incecik sesi kulağımda çınladı bak.

"Sinancığım Efsun bayılır futbola!"

Teşekkürler anneciğim. Özellikle bu konuda teşekkürler.

"Baba kız, saatlerce maç seyrederler."

Annemlere dizi çizelgesi hazırlayan, bize peynirli börek yapan, "Katı arap sabunu sıvısından daha iyi temizliyor" diye Aysel Teyze'yle sohbet eden babama bakıyorum. Erkeği erkek diye tanımlayan tüm özellikleri şu sokak kapısının dışına süpürtülen sevgili babacığımın elinden maçını da yıllar önce aldı annem. Adam bir tek maç seyrederken heyecanlanıyordu, tepki veriyordu. O maç kanalını da kapattırıp kendilerine oyun arkadaşı yaptılar babamı. Adam, "Fenerbahçe 1907'de kuruldu"da durdu kaldı. Hangi maçı seyrediyormuşuz acaba beraber?

"O zaman benimle Fener maçına gelir misin haftaya Pazar?"

Bir dakika. Ben daha soruya cevap vermedim ki? Annem ipleri aldı, kendi kendine takılıyor.

"Gelir gelir. Bayıla bayıla gelir. Efsun da koyu Fenerli."

"Harika, o zaman akşam beş gibi alayım mı seni? Çıkmış olur musun?"

"Al, al! Çıkmış olur o saate."

Bir sus be kadın.

"O zaman geliyorsun, değil mi Efsun?"

Başım alıp nire gidem? Maça mı gidem? Bir dakika, ben haftaya Pazar çalışıyorum, ruh hastası müdürüm Ferda öyle istedi.

"Ben haftaya Pazar çalışıyorum."

"Olsun. Ben seni alırım işten çıkışta. Gelir misin?"

"Tamam. Ama ben kendim gelirim, sen zahmet etme." Varlığım Fenerbahçe'ye armağan olsun.

Annemin kulaklar tilki gibi dikiliyor. "Aaaa Efsuncuğum, alsın Sinan seni işten. Sen alışkın değilsin akşam vakti kendin gitmeye."

Ba ba baaa... Tuğçe'yle Ceren'e yıllardır prenses muamelesi yapıp, beni genç yaşımda uyuz kedi yavrusu gibi sokağa bıraktınız. Hatırlarım, "Anne kayboldum" diye aradığım zaman, "Atla minibüse gel" dediğinizi. Şimdi de "Evden alsın, eve bıraksın" ayakları... Kırmızı başlıklı kız mıyım ben? Çıkarım işimden, aslanlar gibi metrobüsüme biner, Şükrü Saraçoğlu'na giderim. Fener stadının nerede olduğunu biliyoruz. O kadar da değil artık. Fakat korkarım ki ideal cevabı vermem gerekiyor.

"Peki, alırsın beni işten."

"Harika. Yemek de nefisti. Bu börekten bir daha isterim."

Tamam canım, söylerim babama yapar.

"Afiyet olsun. Yaparım istediğin zaman."

"Çok teşekkürler bu akşam için. Efsun, Pazar görüşüyoruz o zaman."

Son yirmi dört saat çok mu hızlı geçti, bana mı öyle geliyor? Acilen yatağıma yatıp düşüncelerimle baş başa kalarak tüm bu yaşadıklarımın muhasebesini yapmam gerekiyor.

Giderken Sinan beni yanaklarımdan öpüyor. Eve geldiğindeki gibi değil, bu sefer dudaklarının o tatlı ağırlığını gerçekten hissediyorum yanaklarımda. Ne kadar güzel bir his bu. Dudağını yanağıma Japon yapıştırıcısıyla yapıştırsam keşke. Sımsıkı sarılmak istiyorum ona. Şu an için yapabileceğim tek şey yanağımı uzatmak. Olsun, mutluyum. Sinan'ı yolcu ederken, telefon numaramı istiyor, veriyorum.

Hu huu, Sabahattin Aliii, neredesiiinn??

Bir adım geriye çekilip kapıyı kapadığımda Tuğçe kolumu tutup, kulağıma fısıldıyor.

"Efsun, 'Sortaç evlilik yolunda' diye bir haber koymuşlar Facebook'a. Sen de varsın fotoğrafta. Ne alaka ya?"

"Sortaç ne be?"

"Serdar Ortaç."

Mutluluk donar mı? Donar. Gerçekten ne alaka? Benim Serdar Ortaç'ın masasında ne işim var? Şaka mı bu? Benim Facebook'um bile yok ki?

"Dalga mı geçiyorsun? Bakayım şu fotoğrafa."

Fotoğrafa bakıyorum. Evet, bu benim. Gözlerim fal taşı gibi açılmış. Locanın ucunda dünya güzeli kızların yanında Beterböcek gibi oturuyorum. Ne zaman çekildi bu fotoğraf? Nasıl silindi benim hafızam?

Neredeysen orada kal Sabahattin Ali. Benden bir cacık olmaz.

VII

ELDEKİ KUŞ VE TELDEKİ KUŞ

"Şimdi ben gidiyorum. Fakat ne zaman çağırırsan gelirim." dedi Maria Puder. Evvela ne demek istediğini anlamadım. O da bir an durdu ve ilave etti: "Nereye çağırırsan gelirim."

"Mesela Sinan yarın sabah sana mesaj attı. Ne yaparsın?"

Yatmadan önce annem, anneannem ve kardeşlerim beni bir kez daha yemek masasına aldılar ve el ele tutuşup maçı Fener'in kazanması için dua ettik.

Etmedik tabii ki. Sortaç şokunu atlatmama fırsat vermeden Sinan'ın kalbine giden yolda nasıl ilerlemem gerektiğiyle ilgili bir rota çizdiler bana. İlk önce Ceren kızımız aldı sazı eline.

"Kime diyorum, alooo? Sinan'dan mesaj gelse ne yaparsın?"

"Kafamın üzerine bir havuç koyup o havucu düşürmeden kendi etrafımda üç kere dönerim."

"Of abla yaaa!"

"Ne yapacağım, cevap yazarım."

"O cevabı ne zaman yazarsın?"

"Hemen."

"Aptalsın işte sen."

"Sensin aptal! Ne biçim konuşuyorsunuz siz benimle? Diliniz pabuç gibi oldu. Kaç zamandır böylesiniz. İşinize gelince abla, işinize gelince Efsun. Çocuk cevap vermem için atmıyor mu bu mesajı?"

Tuğçe lafa atladı. "Bekleyeceksin abla. En az yarım saat bekleyeceksin. Sonra da iki kelimeyi aşmayacak bir cevap atacaksın."

"Sebep?"

Anneannem konuya giriş yapıyor. "Efsun, kadınlar birer kuştur. Bu kuşlar eldeki kuş ve teldeki kuş olmak üzere ikiye ayrılır kızım."

Kendimi bildiğimden beri hep ben bir şey söylerim, bizimkiler anlamaz. Bu sefer tam tersini yaşıyoruz. Ne pis bir duyguymuş. Anneannem basın açıklamalarına devam ediyor.

"Hiçbir zaman erkeğin, senin onun avucunun içindeki kuş olduğunu hissetmemeli. Tam avucuna girecek gibi olduğunda uçmalısın. Teldeki kuş, her zaman için makbul olan kuştur."

"Yani bir mesajla elden tele mi transfer olacağım?"

"Başlangıç için evet. Gönül, bu kız neden böyle?"

Sizi daha iyi görebilmek için.

"Anneanne, kabalaşmayalım lütfen."

Tuğçe, konuşmak üzere genzini temizliyor. Haydi Peyker ve Gönül Hanım'ları anladım ama bu kızlar benden küçük, bana ders veriyorlar. Bunlar erkeğin eline de teline de konsa adam yandı.

"Abla, fosil gibi yaşıyorsun. Kaçan kovalanır, bu kadar basit. Ama önce ona erkek olduğunu hissettireceksin, çocuk kendini kral sanacak, senin ona taptığını düşünecek. Yemeği sipariş etmesine, hesabı ödemesine izin vereceksin. Çıtkırıldım olacaksın. 'Bu kızın bana ihtiyacı var,' diyecek. Öyle cengâver gibi ben kendim giderim, ederim demeyeceksin. Bırak o uğraşsın senin için. Yakın ama uzak olacaksın. Suyunu çıkarmadan kıskanacak ve kıskandıracaksın."

Bugüne kadar erkeklere ne yapmadın diye sorarsanız, işte bunları yapmadım. İçtenliğine inanmadığım şeyleri mi yapmam gerekiyor şimdi? Ben elime yüzüme bulaştırırım hepsini. Tuğçe'nin sözlerinin altında ciddi bir felsefe yatıyor. Ben boşuna horgörmüşüm yıllarca kardeşimi. Bebeğim benim. Verdiği taktiklere bak. Kendimi bir tabak bulgur pilavı gibi hissediyorum. Olsam da olur, olmasam da.

"Hep gülümseyeceksin. Kedi gibisin sen. Bazen yaklaştırmıyorsun insanı kendine. Karşındakiyle hep anlamlı konuşmalar yapmak istiyorsun. Ama erkekler devamlı ağır konular konuşan kızları sevmez. Bunlar niye Victoria's Secret defilesini izliyor? Niye Miranda Kerr'i seviyor?"

"Biz ölümlülerin arasında öyle vücudu olan bir kız dolaşmadığından olabilir mi?"

"Tamam, kız güzel. Ama en önemlisi hep gülümsüyor. Pozitif. Victoria's Secret'ın defile arkasında soruyorlar bir modele, "Üzüldüğünüzde ne yaparsınız?" diye. Kız da "Çikolata yerim ve pembe iç çamaşırı giyerim" diye cevap veriyor!"

"Pembe iç çamaşırı mı giyeyim yani?"

"Hayır. Sorgulamayı kes. Okumayı bırak artık. Yeter bu kadar yıl kitaplara gömdüğün kafanı. Çocuk ne derse 'Ay çok tatlısın, en çok sen haklısın' de, gülümse, geç."

Gülümseyecekmişsiniz arkadaşlar. Sabah, öğlen, akşam! Yemeklerden hem önce hem de sonra Heidi gibi ilelebet gülümseyeceksiniz.

Ceren atlıyor. "Futbolu seveceksin. Çocuğu gözünün önünden ayırmak istemiyorsan hangi takımı tutuyorsa onu destekleyeceksin. Evde maç seyredeceği zamanlarda bile arkadaşlarının arasına sızman lazım ki senin varlığına alışsın. Eline bir bira verip önüne bir tabak cips koyacaksın. Maç var dediği zaman ondan daha heyecanlı olacaksın. Bak, Tuğçe'yle benim sezonluk kombin biletimiz var."

"Kombin biletiniz mi var? Hangi takımın?"

"Her takımın. Hayrican'a aldırdık. Çıkacak kısmetin hangi takımı tutacağı belli olmaz."

Akacak kan damarda durmaz. Yuh! Çalışmanın detayına gel.

"Play Station oynayacaksın. Erkeklerin hayatında iki önemli şey var. Futbol ve Play Station. Sen bu iki konuda onun hayatının bir parçası ol, bak bakalım sensiz bir şey yapabiliyor mu?"

"Benim özel zevklerime onun uyum sağlamasının bir önemi yok yani. Ben tüm bunları yapınca teldeki kuş mu oluyorum? Yahu gözyaşı gibi adamın içinde yaşıyorum resmen."

Anneannem kaşlarını çatıyor. "Başlayacağım senin özel zevklerine. Evden dışarı bile çıkmıyorsun sen. Odanda deli deli kendi kendine konuşuyorsun. Duymuyor muyuz biz? Kardeşlerinin dediklerini yapıp hislerini hiçbir zaman zinciri boşalmış bisiklet gibi bırakmayacaksın. Bir ayağın sağlamda olacak."

Yapılacaklar listesi giderek daha karmaşık bir hale geliyor.

"Bir de kendini öyle kolay teslim etmeyeceksin. Öptürmeyeceksin bile bir süre. Erkekler karşılarındaki kızı elde edince heyecanları biter. 'Göster ama elletme' diyordu ya Ayşen Gruda filmde."

Sohbetimizin seviyesi iyice düştü. Ayağımızda plastik terlikler, ayak parmaklarımız terliğin dışına fırlamış, elimizde birer paket ayçekirdeği, küçük bir mahallenin ara sokağındayız sanki. Çekirdekleri çitleyip *püfft* diye tükürüyoruz. Göster ama elletme... Bin yıl önce çekildi o film. Bunu bir anneanne tavsiyesi olarak mı kabul etmeliyim? Tuğçe ve Ceren'e bakıyorum. Başlarıyla onaylıyorlar. Ne kızı vereceksin ne de dünürü küstüreceksin. Mesaj alındı.

Bu korkunç konuşmanın son rötuşları da ben yatağa giderken yapıldı. Evde dolanırken sağ ve sol omzumun üzerinden ayrılmayan Tuğçe ve Ceren acil olarak sosyal medyaya giriş yapmam gerektiğiyle ilgili beynimi horoz gibi gagaladı. Ben zaten Cumartesi akşamı Sortaç sayesinde sosyal medyaya girmişim. Alnımda bir kara leke gibi taşıyacağım bunu. Yetmez mi? Yetmezmiş.

Teknolojiyi çılgıncasına kullanmam fakat çocuğun yanında da teknolojiden çok da anlamıyormuş gibi davranmam lazımmış. Zaten anlamıyorum ki. Tüm sosyal medya alanlarında aktif olmam şartmış. Erkeğimi buralarda da takip etmeliymişim. Yani hep bir görevimiz tehlike durumundayım. Psikolojik sorunlarım mı var benim? Kaç yaşına gelmiş adamı niye takip ediyorum? Bir de şifrelerini ele geçirecekmişim.

Facebook, Twitter, cep telefonu, e-posta... Oldu olacak banka kasasının anahtarının da bir kopyasını yaptırayım, ihtiyaç oldukça altınlarını bozdururum. Ben bu adama güvenmiyorsam niye onunla beraber oluyorum ki?

Yatağıma girdiğimde hepsi başıma toplandı. Tüm bu konuşma süresince yorum yapmayan annem son sözü söyledi. "Annesini her koşulda seveceksin kızım. Hele kız kardeşini daha çok seveceksin."

"Sipariş üzerine insan mı sevilir?"

"Huzurlu bir evlilik istiyorsan sevilir. Analar oğullarıyla aşk yaşar. Kız kardeşler de kendini bunların sevgilisi zanneder. Bu dengelere hep dikkat edeceksin."

Ne zormuş dostum bu iş. Bu çılgın kadınları kendi hallerine bırakıp uykumu kucakladım ve rüyamda teldeki bir kuş olduğumu gördüm.

Sinan'ın bize geldiği Pazar'dan bir sonraki Pazar'a kadar o hafta nasıl geçti, sözünü bile etmek istemiyorum. Bu süre içinde sinir krizinin eşiğindeki kadınlar grubu her sabah kalkış saatlerinden yatana kadar Sinan'a nasıl davranmam gerektiğiyle ilgili beynimi yıkadılar.

Bugün Pazar. Nihayet.

Sabah 6'da kalktım. Odamı topladım. Banyo yaptım. Kahvaltı ettim. Zorla giydirildim, makyajlandım. İşe gittim –evet Pazar da çalışıyorum, bazen. Masamın üzerindeki kitap dosyalarının neredeyse yarısını okudum –yersen. Zehirlenme pahasına ince belli bardakta yedi tane çay içtim. İki gofret yedim.

Karşı masamda oturan Zeynep'in Cumartesi maceralarını dinledim. Google'a adımı yazdım, halen o fotoğrafta kabak gibi görünüyorum.

Can sıkıntısından masamın üzerinde duran dosya yığınından bir tanesini daha alıyorum elime. Kadın-erkek ilişkileri üzerine yazılmış, yayınlanmayı bekleyen bir kitap daha. Giriş bölümü bir fıkrayla başlıyor.

Hastane odasında, durumu ağır bir hasta, orta halli ailesiyle birlikte doktoru bekliyor. Nihayet kapı aralanıyor ve içeriye yorgun ve umutsuz bakışlı bir doktor giriyor.

-Hastanızın tek yaşam şansı var o da beyin nakli. Böyle bir ameliyatı ilk olarak deneyeceğiz. Tabii tüm masrafları sigortanız ödeyecek. Ancak nakledilecek beyin temini gideri hastanın ailesine ait olacak.

Aile şokta. Aralarından biri konuşma cesareti gösteriyor:

-Peki, ama nakledilecek beynin fiyatı nedir? diye soruyor.

-'Değişir' diyor doktor. Erkek beyni kullanırsak 5000 Euro, kadın beyni kullanırsak 200 Euro.

Uzun bir sessizlik oluyor. Beyler gülmemeye çalışıyorlar. Hanımlarla göz göze gelmekten kaçıyorlar. Yine daha cesur olanı soruyor:

-Doktor bey, bu fiyat farkının nedeni nedir?

Doktor gülümsüyor:

-Aynı arabalar gibi diyebiliriz. Kadın beyni ucuz oluyor çünkü kadınlar akıllarını çok kullanıyorlar. Çok kullanılmış akıl da çok kullanılmış beyin demek olduğuna göre, fiyatı düşük oluyor. Erkek beyni ise hiç kullanılmamış sıfır kilometre araba gibidir. Böyle yepyeni sayılabilecek bir beyin de pahalı oluyor haliyle.

Ben bu kitabı basarım arkadaş! Kitabı basarım basmasına da... Ne yapsam olmuyor. Dakika başı telefonuma bakıyorum Sinan mesaj attı mı diye.

Şu sosyal medya olayına giriş yapayım bari. Şimdi benim neyim var? E-postam var. O cepte. Geriye ne kaldı? Üç kelime, yabancı: Facebook, Twitter, Instagram. Facebook hesabı açacağım. Niye? İlkokuldan beri görmediğim arkadaşlarımı görmek için mi? Bu kadar yıl kendileriyle görüşmememin bir sebebi olabilir mi acaba? Merak etmiyorum sizi cüceler! Ne paylaştık ki beraber? En çılgın anımız beraber bitlenmemiz olabilir.

Başka ne yaptık? Alman lastiği atladık, erkekler cetvelle eteğimizi kaldırmaya çalıştı, beslenme çantasına muz koyanları pahalı meyve getiriyor diye dışladık, evlerde sözde doğum günleri kutlayarak annelerimiz birbirine hava attı. Maziye bak.

Bir de çirkinliğin zirvesinde olduğumuz yıllar. Gözlerde kulak arkasından geçen tel saplı gözlükler, tas şeklinde kesilmiş saçlar ve yerinde yeller esen ön iki diş. Ben bu anılarla ne yapayım şimdi?

Mecbur, açacağız bir Facebook hesabı. Ad, soyad, çalıştığı yer, okul... İlişki durumuna ne yazsam? Nasip, hayırlısı veya ALENEN KOCA ARIYOR seçeneklerinden herhangi biri var mı acaba? Yok. Profil fotoğrafına ne koysam? Sevdiğim bir filmin afişi güzel olur bence. Hmm... İngiliz Hasta. Fotoğraf da tamam. Açtım, gitti Facebook'u. Vatana millete hayırlı olsun.

Sıra Twitter'da. Sürekli özel hayatımla ilgili bir şey yazmam gerekiyormuş. "Günaydın, şimdi kalktım" , "Sırtım kaşınıyor" , "Yaşasın günün en güzel saati geldi, banyo zamanı!" gibi kişiliğimi anlatan kilit Tweetler atacakmışım.

O kadar hareketli bir hayatım var ki, eminim takipçi sayısında rekora koşarım. Kim, beni niye takip etsin? Hindistan'dan sahte takipçi mi satın alsam? Haydi bunu da açtım. Ve hemen biri takip etmeye başladı! @komodorbahattin69. İlk nezih takipçim.

Sosyal medyada çığ gibi büyüyorum. Bir de Instagram var. Bu, bir tık daha niş bir uygulamaymış. Geçtiğim tozlu yolları fotoğraflayıp, rengini düzeltip, bir de sepya efekti verip sevenlerimle paylaşacakmışım. Oh be, artık Paris'te ön sıradan izlediğim defileleri ve New York'ta katıldığım çılgın partileri fotoğraflayabileceğim bir uygulamam var!

Şimdi tüm bu uygulamalarda ilk iş olarak Sinan'ı ekleyeceğimi sanıyorsanız fena halde yanılıyorsunuz. Yasak koydu bizimkiler. İlk olarak Sinan'ın beni eklemesi gerekiyormuş. Bekleyeceğiz. Beklemek en büyük erdemdir.

Telefon bipledi. Mesaj. Sinan mı acaba? Evet. "Nasılsın?" diye soruyor. Masaya zıplayıp, masadan tavandaki avizeye iki elle tutunup sallanmak istiyorum. *Canım benim, hayatımdaki en büyük aşkım. İyiyim. Seni deli gibi özledim. On dört yıldır seni bekliyorum. Akşam seni görmek için ölüyorum* yazmadım tabii ki. Yarım saatlik bekleme süremiz başladı. On üç dakika sonra boncuk boncuk terlemeye başladım. Nasıl dayanacağım ben yarım saat?

"Efsun, hazırladın mı en çok satan cinayet romanları listesini?"

Patronum Ferda. Adı batsın. O listeyi yapmadım çünkü en çok satacak cinayet henüz işlenmedi. Daha beş dakikası var. Bir saatlik toplantı için Pazar günümüzü niçin burada geçiriyoruz acaba? Bu kadın evli. Bir Pazar gününü kocasıyla geçirmek istemez mi insan? Yapacak ütün, çamaşırın yok mu? Epilasyona gitmez misin? Bakın, karşımda es vermeden konuşuyor ama duymuyorum sesini. Çünkü aramızda geçen şeyin adı diyalog değil, monolog.

Konuşmasını sonlandırırken "O pantolonun üzerine o bluz olmuş mu Efsun?" dedi. Olup olmadığını sanki biliyorum ben. Zorla bir şey giydirdi sabah Tuğçe. Seni niye bu kadar ilgilendiriyor ki benim üzerimdekiler? Pazar Pazar işe çağırdın, akşama kadar da bekletiyorsun bizi. Biz sana soruyor muyuz o kafanın içine o beyin olmuş mu diye?

Ferda, özel hayatında da talepkar bir insan bence. Misal, geçtiğimiz Sevgililer Günü'nde kocası Ferda'ya aldığı çiçeği ofise göndermemiş, akşam elden vermiş. Ferda ertesi gün kocasıyla telefonda kavga etti. "Vay sen niye çiçeği neden ofise göndermezsin?" diye.

Adam düşünmüş de çiçek almış sana. Ofise gönderse ne fark edecek? İlle ki herkes bilecek kocasının ona çiçek aldığını.

Kadınları mutlu etmek imkansız. Diyeceksiniz ki "Biz kadınız da sen manganez pil misin?" Estağfurullah, ben de kadınım ama kadınlığımı göstermek konusunda o kadar da hünerli değilim. Ben hayatımı daha çok karşımdaki erkeğe rahatsızlık vermemek üzerine kurmuştum. Gördüğünüz gibi hâlâ yalnızım. Aman, neyse ne.

Sinan'a mesaj atma zamanım geldi. Sosyal medya girişimimi takiben üç bardak daha çay içtim. Sigaraya başlamayı düşündüm sonra vazgeçtim. Kürk giyenlere fena halde gıcık oldum ve yarım paket çiklet çiğnedim. Sonunda Sinan'a cevap yazdım, "İyi, sen?"

Üç saniye içinde mesaj geldi. "Neden bu kadar uzun sürdü bu cevabı yazman ☺?" Ben yarım saat bekledim, çocuk hemen cevap attı. Bu mesaja ne cevap vereceğim? İmdat! 'Toplantıdaydım' yazsam olur mu? İlk cevabı vermek için yarım saat bekledikten sonra diğer mesajlara hemen cevap vermek caiz midir hocam?

Sinan'la aramızda geçen saçma sapan mesajlaşma trafiğini takiben saatler 5'i gösterdi ve Sinan beni almaya geldi. Tam 5'e 10 kala Tuğçe mesaj attı: "Sinan gelir gelmez hemen aşağıya inme, 10 dakika beklet. Topuklularını giymeyi unutma." Ömrümü kuruttunuz be.

10 dakika boyunca merdivenlerin başında boş şişe gibi durdum. Asansör bozuk. Sürem dolunca merdivenlerden atlaya zıplaya indim. Sonra gerisingeri

yukarı çıktım. Ayağımdaki spor ayakkabıları topuklularla değiştirmeyi unutmuşum. Maça gidiyorum, neden topuklu ayakkabı giyiyorum ki? Üzümünü ye, topuğunu sorma.

Sinan, arabasını kapının önüne çekmiş. Arabanın ön kapısına yaslanmış ve kollarını kavuşturmuş, beni bekliyor. Üzerinde Fenerbahçe forması var. Kalbim ağzımdan fırlayacak. N'aberleşiyoruz. Arabaya binip ön koltuğa yerleşiyorum.

"Sen futbol sever miydin Efsun? Ben sevmezdin diye hatırlıyorum. Geçen haftaki yemekte gayriihtiyari ağzımdan çıktı, maça gel dedim."

"Eskiden sevmezdim ama son birkaç yıldır hoşuma gitmeye başladı. İyi ettin bence bu programı yapmakla."

"Neden topuklu ayakkabı giydin? Rahat edemezsin, çok kalabalık olacak."

Neden topuklu ayakkabı giydim? Çünkü giymek zorundayım. Sen neden her şeyi soruyorsun?

"Ben topuklularla daha rahat ediyorum. Hem boyum daha uzun görünüyor."

Embesil. Bir de kompleksli kız havası yarattım şimdi.

"İlahi Efsun, sen takmazdın böyle şeyleri."

"Kadınsı bir içgüdü diyelim."

Hatta Temel İçgüdü diyelim. Ne çirkin laflar çıkıyor ağzımdan. Sinan gülüyor.

"Peki, diyelim. Hazır mısın maça? Bu maç çok önemli bizim için. Rakibimize beslediğin sempati ne seviyede?"

Rakibimiz kim ki? Futbol bilgimi bir gözden geçireyim. Ne biliyorum futbol hakkında? Beşiktaş,

Galatasaray, Trabzonspor. Bitti. Bilgi dağarcığım bu kadar. Bu maç önemliyse bu takımlardan herhangi biriyle oynanıyor olmalı. Ya yabancı bir takımla oynuyorlarsa? Lig maçı ne ola ki? Kesin bu maçlar da kendi arasında bir şeylere ayrılıyordur. Aksiyonum bol ama içim boş. Ön hazırlık sıfır.

"Hiçbir sempatim yok onlara."

Sinan gülümsüyor. "Kimlere?"

Onlara işte! Biz, siz onlar! Kimse bu rakip takım, sevmiyorum onları. Çıksınlar hayatımızdan!

"Galatasaray'a."

Bildiğin salladım.

"Benim de yok haliyle. Bu ay sonunda da kupa finalimiz var ya, onu da beraber izleriz."

Tuttu galiba.

"O maça mutlaka gidelim. Ben Şükrü Saraçoğlu Stadı'nda maç izlemeye bayılıyorum."

"Kupa finali Ankara'da oynanacak."

Bu birebir sürdürdüğümüz futbol muhabbetini acilen kapatmamız gerek. Maçta olayı bir şekilde kaynatırım zaten.

"Evet, Ankara'da biliyorum. İstersen oraya gidelim demek istedim. Ya Sinan sen ne yaptın bu kadar yıldır, hiç konuşma fırsatımız olmadı."

"Sizin evdeki yemekte kısa bir özet geçmiştim ama sen mutfakta balon kadeh arıyordun annenle."

Evet. Olmayan balon kadehlerimizi arıyorduk.

"Lise 1'den sonra İsviçre'ye gittim, biliyorsun. Lozan'daydım. Sana bir sürü mektup yazmıştım, hiç cevap alamadım. Okudun o mektupları değil mi?"

Okumaz mıyım? Hem de binlerce kez. Hepsini saklıyorum. Beni burada bırakıp gitmeni hazmedemedim. Çok âşıktım. Söyleyemedim. Bakarken ardından 'Gitme, kal' diyemedim. Aşk insanı arabeske mi bağlıyor, ne?

"Okudum. Cevap yazmadım çünkü nasıl olsa bir süre sonra kopacaktı her şey kendiliğinden. Çok takmamak gerek geçmişi kafaya."

Senin havanı yesinler Efsun. Laflara bak. Sümüklerini çeke çeke o mektupları okuduğun günleri Sabahattin Ali bilir bir tek.

"Sen bayağı hızlı silmişsin beni Efsun. Neyse... Lozan'dan sonra Zürih'e geçtim. Uluslararası bir bankaya stajyer olarak girdim, sonra kadroya geçtim. Altı ay önce de Türkiye'ye geldim çünkü babam aile işimizin başına geçmemi istedi. Artık buradayım."

"İyi etmişsin gelmekle."

Sakın gitme bir daha Sinan. Hayatta bırakmam.

"Efsun, sen sanki değişmişsin. Daha rahattık biz birbirimizin yanında?"

Sorma. Bir yemin ettim ki dönemem. İşin garibi kendim gibi olmak istedikçe bünyem geri tepiyor. Bu kadınlar beni hipnotize mi etti yoksa? Aysel bezden bir Efsun bebek yaptı da orasına burasına iğneler mi batırıyor şu anda? Daha rahattık Sinan'ım. Haklısın.

"E tabii hayat bu, değişiyor insanlar."

Ben ve çakma filozofik cevaplarım. Hem cool olup hem nasıl tatlı davranacağım, hiçbir fikrim yok.

Benim açımdan epey verimsiz geçen araba yolculuğumuz sonunda stada vardık. Kıyamet günü gibi bir kalabalık... Sinan o kalabalığın içinde arabayı nasıl ve nereye park etti, biz o stadın kapısından içeriye ne şekilde girdik ve o topuklularla nasıl yürüdüm inanın ki hatırlamıyorum. "1907" isimli bir tribüne geçtik, yerimize oturduk. Önümüzdeki koltukların arkasında da ekranlar var. İyi bari, kaçırdığım pozisyonları buradan daha rahat izleyebilirim. Sinan benden izin isteyerek on dakikalığına içeri gitti. Geldiğinde elinde sarı-lacivert bir forma vardı.

"Al bakalım, bu da senin."

Formayı iki elimle havaya kaldırdım. Arkasında kocaman "EFSUN" yazıyor. Ne kadar hoş bir jest!

"Çok teşekkürler Sinan. Giyeyim hemen."

Artık maça hazırım. Biz özel bir tribündeyiz, orası net. Karşıda açık tribün var. Kale arkasında kocaman pankartlar açan insanlar. İyi ki lenslerimi takmayı unutmadım. Ne yazıyor bu pankartların üzerinde? Grup CK. Ne ki bunun açılımı?

"Gördün mü Cefakâr Kanaryalar'ı? Almış hepsi yerini."

Hay ağzını öpeyim. Teşekkürler Sinancığım. Her yer sarı-lacivert. Peki Galatasaraylılar nerede?

"Galatasaraylılar hangi tribünde?"

"Onlar gelemiyor ki artık maça. Kulüpler Birliği yeni düzenlemeye gidecek ya."

Evet gidecekti. Geçtiğimiz hafta Kulüpler Birliği'yle birlikteydim, bizzat bana danıştılar bu konuyu.

Marşlar çalıyor. Maç başlıyor. Millet maça yoğunlaşmış, ben etrafı izliyorum. Bu kızların durumu ne böyle? Sanki gece kulübüne gelmişler. Makyaja, kıyafetlere bak. Volkan diye birini sayıklıyorlar. Ta bu tribünden arkalarında kaleyi hizalayıp, onu da fotoğraf karesinin içine almaya çalışıyorlar. Ne Volkanmış arkadaş... Bizim sıramızdaki koltuklarda oturanlara bakıyorum. Kimi ellerini sımsıkı kavuşturmuş, hiç açmıyor. Kimi durmaksızın dua ediyor. Bir adam sağ elinde kutu kola, kolunu havaya kaldırmış, kıpırdamadan duruyor. Ne yapıyor bu insanlar?

"Efsun, totem yapıyor musun?"

Burada da çıktı karşıma totem. Totem yapmaya bir başlayacağım, kimse beni tutamayacak. Adım Totem Efsun'a çıkacak. Bu adamlar totem mi yapıyor yoksa? Ay totem dedikleri bu muydu? Ancak düştü jeton.

"Yapıyorum. Topukluları sormuştun ya. Onlar benim totem topuklularım."

Offf... Ne şahane bağladım beee! Aa, o ne? Karşı tribündeki insanlar ellerine pankartlar aldı, bir yazı çıkıyor ortaya tüm pankartlar birleşince: "ALLAHIM KONUYU BİLİYORSUN. AMİN." Tam da ruh halimi anlatan bir cümle.

"Tek forvet yerine 4-3-3 oynatmalı Aykut Hoca. Sen ne dersin?"

Bence 9-8'lik oynatsın. Hatta eline darbukayı alıp kendi de oynasın. Aykut Hoca kim?

"O bilir en doğrusunu."

Hıı, evet o bilir... Sağa sola boş boş bakınırken ve dakikalar geçerken gözüm bir an maç sahasına takılıyor. Bir bakıyorum, top ağlarda. E gol oldu! İçim Fener aşkıyla doldu. Vakit bu vakittir. Hemen ayağa fırlıyorum. "Gooooolllllll!!!"

Bizim tribünde bir sessizlik. Golü Galatasaray atmış. Formamın arkasında da adımın kocaman yazması ayrı harika oldu. Sinan'dan tarafa bakamıyorum. 1907 tribününde beş dakika önce tek yürek olduğum taraftara *hiç* bakamıyorum. Kulüpler Birliği benim hakkımda da acilen bir karar almalı.

"Efsun hayırdır?"

Halimin hayrı şerri kalmadı artık.

"Dalmışım bir an. Rezil oldum."

"Çok komiksin. Hâlâ güldürüyorsun beni."

Sinan'a sarılıp ağlayacağım şimdi. Neden bu kadar bal şeker bu çocuk?

"Özür dilerim. Karşılaştığımızdan beri başına çorap örüyorum."

"Özür dileyecek ne var? Deli misin?"

Sinan bunu söylüyor ve sağ elimi avucunun içine alıyor. Hayatımda yaşadığım en romantik an, işte tam bu an olabilir. Hem de Şükrü Saraçoğlu Stadı'nın ortasında.

Sinan'ın eli elimde, ben yan koltukta sarı leblebi gibi kavrulurken Fener iki gol attı. Aslında atmış desem daha doğru olacak çünkü ruhen orada değildim. Benim kafa uçtu gitti. Bir ara sahaya baktım, dansöz oynatıyorlar. Sahaya atlayıp kızla birlikte göbek atmak geldi içimden. Bakın Fener iki gol attı ama Sinan benim elimi bırakmadı. Hem de 1907 tribününe rezil olmama rağmen.

"Efsun, bu hafta arası programın nasıl? Yemek-sinema yapsak mı? Bu maçı bir buluşma olarak saymıyorum."

Programın nasıl? Bir düşüneyim programımı... Pazartesi boş, Salı boş, Çarşamba boş... Her günüm boş. Ben çıkmıyorum ki zaten bir yere. Hem çıksam ne olur? Sinan söz konusuysa her şeyi iptal ederim. On altı yaşıma döndüm resmen. Çok özlemişim bu hissi.

"Tamam yapalım, sen ne zaman istersen bana uyar Sinan."

Ay. Yanlış cevap verdim. Böyle dememem gerekirdi. Çeviremem de lafı. Amaaaan, koyver gitsin!

"Tamam, o zaman Çarşamba'ya ne dersin?"

Allah derim.

"Peki."

"Kanyon'da buluşalım mı?"

Yine bir AVM, yeni bir AVM.

"Olur, uyar bana."

"Sen Facebook, Twitter'da var mısın?"

Olmaz mıyım minnoşum? Taze açtım elcağızımla.

"Varım. Ekle beni istersen."

"OK, ekleyeceğim."

"Süper. Aç mısın şimdi? Stadın tam köşesinde akla zarar köfte yapan biri var. Yesek mi?

Yiyelim tabii de aramızda kalsın. Evdekiler öldürür beni. Seni ilk buluşmanızda sokak köftecisine mi götürdü diye çemkirirler suratıma. Neyse söylemem onlara bir şey, olur biter. Maç ruhu bu ya! O köftecide yemek de maç ruhunun bir parçası. Aynen maç öncesi yenen ıslak hamburgerdeki ketçabın eline bulaşması gibi... Sen elimi tut Sinan, gerisi boş.

Seviyorum futbolu ben! Peki eskiden neden sevmiyordum? Benim rahmetliler zamanında beni bir maça götürüp, elimi sıkıca tutarak maç izlemediği için olabilir mi? Ya da futbolla ilgili yanlış bir şey söylediğimde benimle dalga geçtikleri için? Hepsi maç manyağıydı. Arkadaşlarıyla haftada iki, beni aralarına almadan toplaşıp dururlardı. Ayin yapıp kedi mi kesiyordunuz? Beni de aranıza alsanız ne olurdu!

Bugünün ana fikrini söylüyorum: "Tatlı dil yılanı deliğinden çıkarır" Çarşambayı sel almasın, süper bir buluşma olsun Allahım.

Bu arada köfte muazzammış.

VIII

UÇAN DAİRE

"...fazlasını isteyerek talihimi ürkütmekten her zaman çekinirdim."

Sinan köfte faslından sonra arabasıyla beni apartmanın kapısına kadar getirdi. Ben arabadan inerken o da indi. Apartman basamaklarının önünde birbirimize yüzümüz dönük şekilde duruyoruz.

Böyle mal gibi durabilirim saatlerce.

Sinan'ın gözlerinin içinde kayboluyorum. Parfümünün kokusu rüzgâr hafif hafif estikçe onun boynundan havalanıp benim boynuma konuyor. Onun parfümünü mü kullansam bundan sonra? Bana o kadar güzel bakıyor ve bu o kadar güzel bir akşam ki...

Gözlerim ister istemez Sinan'ın dudaklarına kayıyor. Tam o sırada Sinan kollarını açıyor ve Fırtına Apartmanı'nın önünde birbirimize sarılıyoruz.

Vücudumda bir kıpırdanma başladı. Bu, bu... Hayır olamaz. Oksitosin salgılamaya başladım! Efsun, yaşa git şu anı. Sana ne kızım oksitosinden? Zaten bu kalleş oksitosin hormonunu salgılamaya başladıysam hapı yuttum demektir. Bu hormonu tetikleyen ilk şey ise hoşlandığınız erkeğin size sarılması. Aranızdaki temas arttıkça ister istemez duygusal olarak ona daha da bağlanırsınız. Tek gecelik ilişkilerde kadınların yaşadığı hüsranın nedeni de bu hormon işte. Tanışıyorlar, o gece beraber oluyorlar sonra havasından geçilmeyen kadına bir sarılıveriyor adam, östrojen hormonu veriyor odunu alttan, kadının damarlar önce neşeyle sonra oksitosinle doluyor. E haliyle, sabahleyin adam horul horul uyurken, kadın *beni babamdan ne zaman ister?* diye hayaller kurmaya başlıyor.

Bitti mi? Bitmedi. Kadın bahtının seline kapıldıktan sonra adama sarıyor. Hafiye gibi peşine düşüyor. Niye? İnsula yüzünden. İnsula, beynin empati ve sezgiden sorumlu kısım. Bilin bakalım beynin iç kısmındaki insula adacığı kadınlarda mı, erkeklerde mi daha büyük!!

Balataları iyice sıyırmış olan kadın, erkeğe devamlı bir laf sokma ihtiyacı duyuyor. Ağlama krizine giriyor, 'sensiz yapamam' moduna geçiyor. Bu dengesiz tepkilerin sebebi de kadınlarda yine daha büyük olan duygusal bellekten sorumlu olan Hipokampüs'ten başkası değil.

Diyeceğim şudur ki, siz siz olun, her aklınızın kaydığına sarılmayın. Çünkü tüm hikaye bu sarılmayla başlıyor. "Kadınlar olgunlaşmamış ham portakal gibidir, kabuğunu soymaya kalkarsan elinde kalır" yaftasını öyle küt diye kadınların alnının ortasına yapıştıran erkeklere de bilimsel bir dipnot olsun bu. Bir kitapta okumuştum, biz günde ortalama 20 bin kelimeyle konuşurken, onlar 7 bin kelimeyle konuşuyormuş. Dört yaşında bir çocuğun bile 1500 kelimelik bir haznesi olduğuna göre beyinlerimizin arasındaki fiyat farkının sebebi haybeye değil.

Neyse, Sinan o beş para etmez erkeklerden değil. Gayet sarılınası. Ama sonuçta o da bir erkek. Bana iyi görünüp arkamdan iş çevirme potansiyeline sahip. Sakın Efsun. Sakın aklını fikrini kaybetme. Köftenin harareti çökmesin üzerine. Bu sefer kartlarını farklı oynayacaksın.

Ben kartlarımı nasıl oynamam gerektiğini düşünürken Sinan iki eliyle yüzümü avucunun içine alıyor. Bir insanın dudakları bu kadar güzel olabilir mi? Ya dişlerinin güzelliği? Porselen mi acaba? Nefeslerimiz birbirine yaklaşıyor. Sokaktan geçen tek bir insan yok. Sanki tüm mahalle bu ana saygı göstererek ses çıkarmamak üzere sözleşmiş. Gözlerimi kapıyorum. Dudaklarımız birbirine değmek üzereyken Sinan'dan anlamsız bir ses çıkıyor.

"Ouuvahh!"

Gözlerimi açıyorum. Ne oldu şimdi?

"Sinan, ne oldu?"

"Kafama bir şey düştü."

İkimiz de yere bakıyoruz. Ayağımızın dibinde tek bir terlik duruyor. Hani şu baba terliklerinden. Siyah, deri. Sinan'ın kafasına gökten siyah deri bir terlik teki düştü. İstanbul Büyükşehir Belediyesi mi boşalttı yoksa sokağı bizimle kafa bulmak için? Neler oluyor arkadaş?

Birbirimize anlamsızca bakıyoruz. Sonra aynı anda kafamızı yukarıya çeviriyoruz. Bizim apartmanda bir pencere kapanıveriyor hızlıca. Bilin bakalım hangi dairenin penceresi?

"Efsun, sizin daire miydi o?"

Uçan daireydi. Ne cevap vereyim şimdi ben? Sinan'ın eline *Hâlâ zaman varken beni unut, kaç git buralardan* yazan beyaz bir kağıt mı tutuştursam? Bunu sözlü söylersem, bizimkiler pencereden dudaklarımı okuyabilir.

"Yok canım, ne alaka? O dairede bir karı-koca oturuyor, her akşam kavga ediyorlar. Kadın adama terlik fırlattı herhalde."

Diyerek, az önce hormonlar hakkında yaptığım bilimsel konuşmayı çöpe atmanızı rica ediyorum. Böyle bir aileye sahip olduktan sonra genetik bilime hakim olsam ne olur, olmasam ne olur?

"Ben çıkayım Sinan. Bu akşam için çok teşekkürler. Beni eve bıraktığın için de."

"Lafı mı olur? İyi ki geldin. Çarşamba görüşüyoruz değil mi? Seni kaçta alayım işten?"

Maymun gözünü açtı.

"6'da."

"Tamam görüşürüz. Haydi gir içeri sen, bekliyorum ben burada."

Apartmandan içeri girmemi bekliyor. İnanamıyorum. Biraz da komik geldi, ne o öyle çocuk gibi... Neyse keyfini süreyim bir leydi olmanın.

"İyi geceler."

"Sana da."

Sinan'ın dudaklarına kavuşmam hayal oldu. Ama uğraşmam gereken daha önemli şeyler var şimdi. Pencereden Sinan'ın kafasına terlik atmak ne demek ya? Evde devamlı kek pişiyor. Bunlar yaptıkları kekin içine afyon mu koyuyorlar?

Merdivenleri üçer beşer çıkıyorum. İnanılmaz sinirliyim. Sinirden anahtarın deliğini bulamıyorum. Sonunda kapıyı açıp içeri giriyorum. Şunlara bak. Tepsi gibi televizyonun karşısına dizilmişler.

"Kim attı o terliği?"

Annem lahana bebek bakışıyla sorduğum soruya soruyla karşılık veriyor. "Hangi terlik?"

"Anne, hiç numara yapma bana. Gördüm sizi. Niye terlik atıyorsunuz çocuğun kafasına? Deli misiniz siz?"

Anneannem bir anda sesini yükseltiyor. "Ben sana demedim mi ilk günden çocukla öpüşme diye?!"

"Yahu size ne? Bu nasıl bir kafadır? Terlik atmak ne demek? Saksı ataydınız da öldüreydiniz bari çocuğu. Toptan keserdiniz tüm cinsel münasebetimizi!"

Unuttum babamın da orada olduğunu. Off. Utandım bak.

"Akıllı davran biraz. Uçtu gitti kafan. Yine aynı şeyler gelecek başına. Kolay kız olma."

Burası gerçekten uçan bir daire. Peyker Hanım susmuyor. "Buluşacak mısınız bir daha?"

"Çocuk o pencerede sizlerden birini görmediği için evet, buluşacağız. Haftaya Çarşamba Kanyon'a gidiyoruz. Önce sinema, sonra yemek. Uygun mudur?"

"Kuyumcuların önünden geçir çocuğu. Aşk filmine gidin. Yemekte de sor bakalım geleceğe dair planları neymiş. Ayda kaç para kazanıyormuş, onu sor bir de."

"Ben yatıyorum. Sizlere inanamıyorum gerçekten. Şu dizileri seyretmenize hiç gerek yok. Birbirinizi seyredin siz."

"Sen bu dediklerimi kulak arkası etme. Bir de kırpma mı kestirsen sen? Alnın çok geniş."

"Kazıtacağım saçlarımı! Haydi anneanne iyi geceler. Seninle tartışamayacak kadar yorgunum."

"Nasıl geçti maç?"

"İyi. En azından kafamıza terlik yemedik."

Annem dalıyor tekrar. "Burcu neydi Sinan'ın?"

"İkizler."

Salonda ölüm sessizliği.

"Bir daha mı düşünsek bu işi?"

Bu bir iş tabii, pardon, unuttum tabii. "Sebep?"

"Kızım, erkekteki en kötü burç ikizlerdir. Senin burcun başak. Oluru yok bunun."

Harcadılar çocuğu iki dakikada. O yere göğe sığdıramadıkları, bu hayattaki son şansım olan Sinan'ı, sırf burcu yüzünden harcadılar. "Nesi varmış ikizlerin?"

Her ikizler deyince Üresin'le Türesin aklıma geliyor. Onların da nesi yok ki? Lunapark gibiler.

"Ciddi ilişki yaşayamaz onlar. Komiktir ama gülüp eğlenirken yumruğu ağzının ortasına çakar. Öyle sıkıya falan gelemez. Bir iyi bir kötüdür. Karakter çorbasıdır. İçinde on kişi daha taşır. Şeytan tüyü vardır, aklına girer maazallah. Tatlı dilli yılan..."

Burç muhabbeti açılınca Tuğçe dayanamaz. "Senin burcun da başak. Acıların kadını gibi dolanıyorsun ortalıkta. Depresifsin. Bir de detaycısın, cımbızla laf seçersin. Sen Sinan'la çıkarsan bu çocuk mahveder seni."

"Ama Sinan'ın yükselenine bakmak lazım. Bu çocuk iyi bir çocuk. Efsun, saat kaçta doğmuş Sinan?" Annemin sorularının ardı arkası gelmiyor.

"Sabah 7.42'de, Siyami Ersek'te doğmuş. Nereden bileyim kaçta doğduğunu?"

"Bir öğren kızım. Sonra başımıza dert almayalım."

Çünkü başımıza alabileceğimiz tek dert bu.

Tuğçe'yle Ceren'in de yükselenlerini bilip kardeş istemiyorum diye tuttursaydım belki ben de başıma dert almazdım.

Allahım. Ya beni bunlar gibi yap ya canımı al.

Anneme cevap verme zahmetinde bile bulunmadan odama doğru ilerlerken Ceren'in sokak kapısından çıktığını görüyorum. Sinan'ın kafasına attıkları terliği almaya iniyor aşağıya. Bence benim acilen evlenmem lazım. Başka türlü kurtulamayacağım bu evden. Çarşamba günü buluştuğumuzda gerçekten sorsam mı Sinan'a gelecekle ilgili planlarını. Acaba evlenmeyi düşünüyor mu? Şimdiye kadar hiçbir erkek arkadaşımla böyle bir muhabbet yapmadım. Belki de gelecek planlarını sorsaydım, benimle herhangi bir planları olmadığını, beni aldatacaklarını dürüstçe söylerdi çocuklar!

"Sabahattin Ali, iyi geceler."

O ne, mesaj geldi. Sinan'dan mı yoksa? Hayır. Timur'dan. Mercimek beyinli. Bir haftadır o meyhanenin içinde oturuyor ve benim gittiğimi yeni fark etti galiba. "Uyudun mu prenses?" diye mesaj atmış. Yok, uyumadım, üzerime hafif bir şeyler giydim, bacaklarımı kremliyorum, sana geleceğim birazdan su tosbağası. Sana ne uyudum mu? Gece 11'den sonra atılan mesajlara cevap vermiyorum. Bakayım saate. Daha 11 olmamış.

"Yatıyorum şimdi."

"Kızgın mısın bana minik tavşan?"

Minik tavşan deyince her şey çözülüyor çünkü. Ben sana ne mesajlar yazardım ama mesaj kotam var. Uzun yazmam yasak.

"Yok, değilim. Konuşacak bir şey de yok."

"Face'den seni dürttüm. Gördün mü? Sen benim prensesimsin."

Çokoprenses. Ne diyorsun oğlum bana gece gece dürttüm falan? Face'den dürttüm ne demek?

"Timur yatıyorum ben. Bir daha beni dürtme. Ayrıca ben senin prensesin falan değilim."

"Efsun, son bir kez görüşsek? Kendimi çok kötü hissediyorum geçen haftadan beri."

Denizanası çarpmıştır. Hayvanın arkasından ileri geri konuştun. Oksijenli suyun üzerine sar gazlı bezi, annen de üflesin, bir şeyciğin kalmaz. Bohem takılıyor bir de. Varoş. Bununla buluşmak için karşıya geçmiştim bir de. Hay benim aklıma. İstanbul Kart'ımdan harcadığım paraya yazık.

Kalbimi kime açsam arkasına bakmadan kaçıp gidiyor. Ben seni sadece severek, senin üzerine nasıl bir yük bindirebilirim ki? 'Bizim evin faturalarını öde' mi dedim? Eski zamanlarda adamlar savaşa gidiyormuş be. 'Erkek eve ekmek getirir' diye bir deyiş var. Şimdi kadın çalışıyor, kendi parasını kazanıyor, hayat müşterek. Ne istedim ben sadece beni sevmenden başka? Ama kafasızlık bende. İsteyecektim. İyi davrandıkça tepene çıkıyor hepsi.

Şimdi bu Timur'u koy o erkeklerin savaştığı eski zamanlara. Mesela Haçlı Seferleri'nin ortasında donuyla kalakalsın. Hüngür hüngür ağlar bu be. 'Abi tamam hemen Hristiyan olacağım, vurmayın gözünüzü seveyim' der. Rakı sipariş etmekle erkek olunuyor sanki. Adamın o gece bana yaptığı terbiyesizlik yetmemiş, bir de dürtüyor beni!

Neyse güzel şeyler düşün Efsun. Çarşamba'yı düşün. Sinan'ın gelecek planı vardır umarım. Gerçi yarın ne başımıza ne geleceği belli değilken gelecek planı ne demekse?

Efsun uykuya dalabiliyor mu? Dalamıyor. Çünkü odasına Ceren giriyor, ışığı açmadan Gulyabani gibi Efsun'un yatağının köşesine oturuyor.

"Sinan'ın WhatsApp'ı var değil mi?"

"Bilmem, vardır herhalde. Ben kullanmıyorum ki."

"Hemen yükle telefonuna. Çok önemli."

"Çünkü??"

"Çünkü WhatsApp'a en son girdiği saate bakacaksın. Sana iyi geceler dedi, gitti yattı mesela. Sonra bir bakıyorsun, sabahın 3'ünde biriyle konuşmuş. Anladın mı ne dediğimi?"

"Ceren, çocuk konuşur konuşmaz, ben nasıl engellerim ki bunu?"

"Sen yükle şunu. Hatta ver, ben yükleyeyim. Bir de Facebook ve Twitter şifrelerini ver bana, biraz hareketlendirelim oraları. Profil resmi olarak İngiliz Hasta filminin afişini koymuşsun. Hasta mısın sen?"

"Hayır İngiliz'im. İstemiyorum fotoğrafımı koymak, ne o öyle kendimi pazarlar gibi."

"Efsun, sana acilen bir profil fotosu çekmemiz lazım. Bu hayattaki en önemli şeylerden biri, Facebook'taki profil fotoğrafın. Sonra bir albüm oluşturacağız. Orada çeşitli konularda fotoğrafın olmalı. Mesela bir kediyle, bir bebekle, falan filan..."

"Niye bir kediyle fotoğraf çektiriyorum?"

"Çünkü hem bir hayvan dostu hem de potansiyel bir anne imajı vermen lazım. Ama bir erkeğin Facebook albümünde çocuklu fotoğraf varsa o tehlikeli bak. Çünkü kızlar hemen yumuşar böyle bir fotoğraf gördüğünde. Adamlar da duygusaldan girmek için koyuyor böyle fotoğrafları."

"Duygusaldan girmek derken?"

"Erkeklerin vardır bu tarz numaraları. Mesela çıkmaya başladığınızın ilk haftasında 'seninle evlenmek istiyorum' diyebilir, seni annesiyle tanıştırabilir..."

"Bana böylesi rastlamadı ama ne güzel işte, bizim amacımız da bu değil mi? Annesiyle tanıştırırsa oradan da Beşiktaş Evlendirme Dairesi'ne gideriz hep beraber."

"Kızım, bunların hepsi bağlama ayağı olabilir."

"E nereden anlayacağım gerçek mi numara mı?"

"Öyle yelkenleri hemen suya indirmeyeceksin. O sana bu tarz evlenelim konuşmaları yaparsa "Hı hı" deyip, sırıtıp geçeceksin. Sen de kendini kaptırıp bu muhabbete dâhil olursan bir de bakarsın sen gelinlik hayalleri kurarken adam sana günaydın mesajı atmamaya başlamış, yavaştan uzayıp gitmiş."

Yemem gereken on bin fırın ekmek var. Hayır, bir de konuya hakimiyetlerinden dolayı bunlara saygımın arttığını hissediyorum. Şaka gibi.

"Ceren, al telefonumu. Ne yaparsan yap. Bu arada bir şey soracağım. Facebook'ta biri beni dürtünce ne oluyor?"

"Hamile kalıyorsun! Allah Allah... Seni yokluyor yani. Seni dürtenlerin profiline bakacağım, işe yarayan bir şey varsa ilgileniriz. Bazen amele de çıkabiliyor. Bu ne ya, ezik gibi sadece bir tane arkadaşın var Facebook'ta, o da Sinan. Benim arkadaş listemden sana biraz aktarayım. Şifren ne?"

"Efsun1234."

"Bravo. Müthiş yaratıcı bir şifre bulmuşsun. Neyse ben şifreni de değiştiririm. Yarın Sinan tuvalete falan giderse çaktırmadan telefonunu karıştır. Ummadık taş baş yarar. Öyle düzgün görünenden korkacaksın."

Düzgün görünenden korkacağım. Düzgün görünmeyenden zaten korkuyorum. Bu ikisinin bir kesişim kümesinin olmadığının farkında mı acaba?

"Haydi canım, sen onları yaparken ben de uyuyayım. Haydi çık artık odamdan. Beni benimle bırak."

Rüyamda Sabahattin Ali'yle Galata Köprüsü'ndeydik. Üzerimde simsiyah bir kürk manto vardı. Sahte tabii ki. Saçlarım ve kıyafetim Çarliston dönemi kadınlarınınki gibiydi. Dirseğime kadar uzanan deri eldivenlerimle resmen geçmişte yaşıyordum. Boynuma uzun, inci bir kolye takmıştım. Köprü boyunca yürürken yanımızdan insanlar geçiyordu. Kimsenin yüzüne bakmıyordum. Bir ara kafamı kaldırdığımda bana doğru gelen anneannemi gördüm. Sırayla annem, Ceren ve Tuğçe geçti yanımdan. Köprünün sonunu göremiyordum. Sabahattin Ali'ye bir şeyler söylemek üzere başımı ondan yana çevirdim. Onun yerine Sinan duruyordu yanımda. Briyantinlenmiş saçlarını sol tarafa ayırmıştı. Dudağının üzerinde incecik bir bıyık, uzun kahverengi paltosunun içinde jilet gibi gri bir takım elbise, içinde yelek, ceketin yakasında bebek mavisi bir mendil ve elinde tahta saplı kahverengi bir şemsiye vardı. Bu dönüşümün nasıl olduğunu sorgulamadan kürk mantolu kolumu onun kolunun arasından geçirip kafamı omzuna yasladım. Yol daha da uzadı. Uzadıkça içim huzur doldu.

Aynı rüyayı hem Pazartesi hem de Salı gecesi gördüm. Tam *yüreğim daha fazla dayanamiciiik* diyecektim ki geldi Çarşamba.

Benim tatlı Çarşambam. Gözüm yollarda kaldı. Bir tanem, hoş geldin! Normal zamanda Pazartesi oluyor, Cuma oluyor, günler nasıl geçiyor anlamıyorum derken, hayatıma Sinan girdiğinden beri günler geçmek bilmiyor. Birini sevmezken hayat daha hızlı ama daha boş akıyor. Hayatınıza biri girdiğinde de her sabah uyanmanın, giyinmenin hata yemek yemenin bile bir anlamı oluyor. Hele ki karşınızdaki erkeğin sizi gerçekten beğendiğini hissediyorsanız daha iyi hissediyorsunuz kendinizi. 'Çevreye yaydığın elektrik' dedikleri şey tamamen bununla bağlantılı.

Elektrik demişken. Banyodayım, kafam köpük içinde, tam bir şarkı icra ediyordum, elektrikler gitti. Annem içeriden çılgın gibi "Efsuuuun!" diye bağırıyor. Hay ya... Korkarım ki yine bir "Mehmet Lütfi" vakası.

Kafamdaki köpüklerden olabildiğince kurtulmaya çalışarak el yordamıyla bornozumu buluyorum. Ben ve şıpır şıpır sularım, koridorda ilerliyoruz. Annem sokak kapısının önünde. Gönül Hanım sağa doğru çekilince evimizin içine olanca ışıltısı ve güzelliğiyle güneş gibi bir Mehmet Lütfi doğuyor.

"Efsun n'aber?"

Şimdi gözlerinizin önüne 1.93 boyunda ve balık kılçığı zayıflığında bir tip getirin. Bu 1.90'lık tipin, vücudunun 1.60'lik kısmını kaplayacak kadar uzun bacakları olsa... Bu bacaklara paçaları kısa, gri bir kumaş pantolon giyse... O pantolonu göğsüne kadar çekse... Bir de pantolon askısı taksa... Göğsünden boynuna kadar olan kısımdan da beyaz kollu fanilası gözükse... Sokak modasında en üst seviyeye ulaşan bu tipin şişe dibi siyah kemik ve kırık gözlükleri de elimize yapıştırdığımız ten rengi yara bandıyla bandajlanmış olsa... Hayat bayram olurdu değil mi?

"İyiyim Mehmet Lütfi. Sen?"

"İyiyim ben de. Görüşemiyoruz kaç zamandır? Sizin elektirinkler gitmiş. "

Sayın okuyucu, her şeyden önce onun adı elektrik değil, elektirinktir. Bunu iyice belleyin. Ah, bir de evet, Mehmet Lütfi'yle her gün buluşup bizim apartmanın terasında Eti Cici Bebe eşliğinde beş çayı içiyoruz.

"Ya evet görüşemiyoruz. Hayırdır, yine gitmiş bizim elektirinkler."

"Evet, ona bakmaya geldim Efsun. Çok güzelsin yine."

"Mehmet Lütfi, elektrinkler diyorum, yine gitti, duyuyor musun beni?"

"Biz bugün karpuz yedik Efsun."

Allahım sabır ver bana. Mehmet Lütfi bana âşık. Şu dünyada beni yıllardır sorgusuz-sualsiz, bornozlu-giyinik, bir şekilde seven tek erkek o. Adeta bebeksi bir fırtına. Ayda bir bizim evin sigortalarını attırır, sonra da beni görme bahanesiyle bize gelir. Bu işlemi sokak trafosu vasıtasıyla yaptığı için bundan neredeyse sokaktaki tüm evler zarar görüyor ama olayın iç yüzünü keşfeden çıkmadı henüz. Peki ben Mehmet Lütfi'ye karşı ne hissediyorum? Hiçbir şey. Bu işin oluru var mı? Yok.

"Afiyet olsun. Mehmet Lütfi, bak ben bu halde kaldım. Haydi sen bir hallet de şu elektirinkleri. İşe gideceğim."

"Bu halin de güzel Efsun. Her halin güzel. Gönül Teyze, salçalı ekmek var mı?"

Mehmet Lütfi elektirinklerimizi eski haline getirdikten sonra kaldığım yerden banyoma devam ettim. Kahvaltımı yaptım, giyindim, ofise gittim, önüme bir kitap dosyası açtım, tüm gün hayal kurdum. O ay için aldığım maaşı çalışma günlerime bölsem bir güne ne kadar para düşüyorsa, o parayı zerre kadar hak etmeden saati akşam 6 ettim.

Sinan'la görüşmediğimiz günler doğru düzgün haberleşemedik. Çünkü çocuğun bana attığı tüm mesajlara robot gibi en fazla üç kelimelik cevap atma hakkım vardı. Konuşamadık da. Çünkü o aramadı. O aramadan benim onu aramam yasak. Ah turnalar...

Eveeet... Topuklular ve rujum hazır. Burcunu ve gelecek planını soracağım. Telefonunu karıştıracağım. Kanyon'un krokisi burada, yüzük satan mağazaları işaretledim. Ayda kaç para kazandığını ölsem soramam. Bir şey daha yapacaktım... Neydi ya? Tam uykuya dalmak üzereyken Ceren anlatmıştı. Heh, trip atacağım.

Ey Türk kızı! Birinci vazifen, 10 saniyelik basit bir konuyu 1 saatlik problem yumağına dönüştürmek üzere erkeğine trip atmak, onu çıldırtmak, zıvanadan çıkarmaktır!

Ceren Pazar gecesi yanıma gelip şifrelerimi aldıktan sonra masumca odamı terk mi etti sanıyorsunuz? Yok. Öyle olmadı. Onun diğer yarısı Tuğçe de geldi, beni sabahın 2'sine kadar ayakta tuttular. Onlarla konuşacağıma Timur'la mesajlaşmayı tercih ederdim. O kadar diyeyim. Sabahın o saatine kadar bunların bıdı bıdı diye anlattığı şeylerden çıkardığım sonuç, Türk kızının triptronik bir model olduğudur. Zehri adamın bünyesine yavaş yavaş zerk ediyorlar.

Mesela çocuk benim hoşlanmadığım bir şey yaptı ya da bir tepki verdi diyelim. Üç davranış seçeneğim varmış. Bunlardan ilki tavır yapmakmış. Bu seçenek altında vermeye yüzde yüz hakkım olan tepkileri sıralıyorum: "ayyyh!", "of, iyi, tamam", "peki", "dokunma bana" ya da "trip falan atmıyorum, sadece kendimi anlatmaya çalışıyorum."

İkinci seçeneğim tek bir kelime etmeden surat asıp konuşmamakmış. O bana sabaha kadar "n'oldu?, aşkım n'oldu?" diye sorsa bile...

Üçüncüsü de onun yanında hiçbir şey olmamış gibi davranıp, eve gidince derdimi, kederimi mesaja vurmakmış. "E hani en fazla iki kelime mesaj yazma hakkım vardı?" diye sordum ama trip atmak bu kapsamın dışındaymış. Mesaj yazarken de özellikle sonu iki noktayla biten devrik cümlelerle lafı gediğine koymam gerekiyormuş. Trip atmanın lezzeti, özünde gizliymiş. Adam size âşıksa, siz böyle trip attıkça, gece gündüz sadece sizinle uğraşırmış, başka kızlara bakacak vakit bulamazmış. Mantığınızı yiyeyim. Ben de diyordum bizim Türk erkeklerinin yaşam ortalaması neden Türk kadınlarından düşük. Bizim beyin daha ucuza satılıyor ama daha çok yaşıyoruz, n'aaaaberrr!

Devam ediyorum. Benim herhangi bir arkadaşımın adını yanlış söylediği zaman, "Bir türlü öğrenemedin en yakın arkadaşımın adını, Berrin değil, Beril!" ler mi, "Sana fotoğraflarımı gösteriyordum, biraz ilgilen istersen" ler mi dersiniz... Kısacası onun alakasının benim üzerimde olmadığı her durumda trip atabilirmişim. Biz ne ara muhabbet edeceğiz peki? Gerçi kendi payıma düşen erkeklerin hepsi birbirinden hödük olduğu için şeytan diyor, bunlar az bile size... Hele ki "Seni seviyorum" dediğimde bana "Eyvallah" diyen dangalak. Esas onu trip manyağı yapmak gerekirdi.

Ama Sinan söz konusu olduğunda akan sular duruyor. Ben bu çocuğa nasıl trip atacağım? Gün geçmiyor ki kadın-erkek ilişkileri konusunda önüme bir engel çıkmasın. Tripse trip. Kralını atacağız mecbur!

Telefonum çalıyor. Evden arıyorlar.

"Alo?"

"Efsun?"

"Anneanne? Bir şey mi oldu?"

"Kızım ne diyeceğim bak... Domatesi düzgün soymak için buzluğa at, donana kadar bekle. Sonra da suyun altına tut. Elini bile sürmeden kabukları soyulur."

Kaç haftadır bana dedikleri her şeyin bir alt anlamı var. Kripto gibi bir aile. Bir mesaj veriyor belli. Bu dediğinden ne anlam çıkarmam gerekiyor?

"Anlayamadım. Sinan'ı soymam için buzluğa mı atmam gerek?"

"Geçen gün dedin ya yemek konusunda elimden tutmadınız diye..."

İnanamıyorum. Gerçek anlamda domates soyma tarifi veriyor.

"Anneanne sağ ol. Kapamam gerek, çıkacağım birazdan."

"Dediklerimizi unutma!"

Format atmak istiyorum beynime de şimdi değil. Sinan geldi. Rabbim sen yüzümü kara çıkarma. Amin.

IX

MERHABA, BEN GINA. EVLİLİK MUHABBETİNDEN GELİYORUM.

"Şimdiye kadar zannettiğim gibi kitleden ayrılmanın bir hususiyet, bir fazlalık değil, bir sakatlık olduğunu hissediyorum."

"Genç ve güzel olan herkes, her şey Kanyon'da."

Önümdeki reklam panosunda bu yazıyor. Yaşlı ve çirkinler giremiyor mu acep? Genç miyim? Elbet. Bana teyze diyen maki utansın. Güzel miyim? Fena sayılmam. Bence ben Kanyon'a girebilirim.

"Efsun, takıldın panonun önünde, geliyor musun?"

"Geldim Sinan!"

Hızlı adımlarla Sinan'ın yanına gidiyorum. Sinema ve yemek katına doğru yürümeye başlıyoruz. Kanyon'un kızları... Hepsi birbirinden hoş ve bakımlı. Ne garip, bu kızlar böyle Avrupailer ama günün sonunda hepimiz "Aysel bir numara en büyük, cehennemden çıkan çılgın Türk"e fal baktırıyoruz.

Restoranların önünden geçiyoruz. Pahalı mağazaların poşetleri, onlar da birer insanmışçasına, ayrı bir sandalyeye konulmuş. Garson her an onlardan da sipariş alabilir.

"Cevahir mi Kanyon mu?" diye sorarsanız, "Bilemiyorum" derim. Ne oraya ne buraya aitim. Bence benim beyin ölümüm gerçekleşmiş de haberim yok.

Tuğçe'yle Ceren, parayı denkleştirdikleri anda soluğu burada alıyor. Sıkça geldikleri için bu kızlardan biri olma isteği ağır basıyor olabilir içlerinde. Aydınlık yüzler, tertemiz, jilet gibi üst baş, fönlü saçlar... Herkes pırıl pırıl.

Sinemanın kapısından giriyoruz. Sinan, bilet almak için sıraya geçiyor. Romantik bir filme gitmeye karar verdik, Leonardo di Caprio oynuyor. Çocuk Scott Fitzgerald hayranı çıktı, iyi mi? Okur-yazar yani.

Biletleri aldı, bana doğru geliyor. "Biletleri çantana koyabilir misin?" diyerek bana teslim ediyor. Bunlar da eskiden bilete benziyordu, şimdi alışveriş fişi gibi yaptılar. Atıyorum çantama. Bu çantanın içinin durumu nedir? Eskiden boynuma çapraz astığım çantamda telefonum, ev anahtarım ve cüzdanım vardı sadece. Telefon diyorum çünkü tüm müzik listem onun içinde. Müzik yoksa ben de yokum. Şimdi, çantam boynumdan omuzuma transfer oldu. Çapraz asınca ezik duruyormuşum, Ceren öyle dedi. Makyaj malzemeleri, ıvır zıvır derken ağzına kadar doldu çanta. Şu çer çöpü atayım bari. Filmimiz 10'da. Önce yemek faslı. Yüzük satan mağaza bir alt katta mıydı acaba?

Yemek yiyeceğimiz yere doğru giderken elimdeki çöpleri önüme çıkan ince demir ayaklı küllüklerden birinin içine buruşturup, atıyorum. Sinemayla aynı katta bulunan şık bir restorana oturuyoruz. Menüler geliyor, bardaklarımıza sular konuyor. Benim ne yapmam gerek? Yemek seçimini Sinan'a bırakmam gerek.

Çok zor ya... Ben o kadar sabırsızım ki. Bir kere eski erkek arkadaşımdan garsondan su istemesini rica etmiştim. O garson önümüzden bir geçti, iki geçti, benim sağ bacak titremeye başladı. Yok. Bir türlü sipariş vermiyor. En sonunda kendim istedim tabii. Oysaki biraz tempo, biraz duygu... Bütün isteğim buydu.

Kısa bir menü inceleme seansından sonra Sinan soruyor. "Ne yemek istersin Efsun?"

Hmmm... Ben şu balkabağı çorbasını denemek istiyorum sonra beynime kan gitmesi için et yiyeceğim. Ortaya peynir tabağı alsak süper olur. Tatlıyı yemekten sonra seçeceğim.

"Bilmem. Sen ne istersen bana ondan sipariş edersin."

"Canının çektiği bir şey yok mu?"

"Yok. Sen sipariş verirsin ikimizin adına."

"Peki. Şarap içer miyiz?"

"Seninle her şeye varım ben."

"Pardon?"

"Sen içersen neden olmasın?"

"Peki... Ne içelim? Kırmızı, beyaz, roze? Onu da mı ben bilirim?"

Üçünü karıştırıp içelim. Beyaz ya lütfen beyaz şarap içelim.

"Evet, aynen. Sen seç lütfen."

Sinan kırmızı şarap seçti. Ben de uslu uslu içtim.

Böyle hebele hübele bir yemek sürecinden sonra o kahvesini, ben çayımı sipariş ettim. Kahve içmeyi gerçekten sevmiyorum. Zaten çayı koyacak ince belli bardakları yokmuş, ona da kıl oldum. Madem Türk kahvesi satıyorsun ve Türk kahvesi fincanıyla servis yapıyorsun, o çay niye üzerine bastığınızda çayın kendisini aşağı, suyunu yukarı pompalayan çakma cam çaydanlıklarda geliyor? İnce belli cam bardakta çay içince kıro mu oluyorsun? Yan masada genç ve güzel iki Kanyon kızı Türk kahvesi içti, birbirine alenen fal bakıyor. Şimdi onlar kıro olmuyor mu yani?

"Sinan, geleceğinle ilgili ne düşünüyorsun?"

Merhaba, ben Gına. Evlilik muhabbetinden geliyorum.

"Nereye geleceğim?"

"Yani senin geleceğin, gelecek planların..."

"Efsun, aslında ben seni dinlemek istiyorum biraz. Bu kadar yıl neler yaptığını, kitap yayıncılığına nasıl başladığını falan... Tam kendine uygun mesleği bulmuşsun."

Yavrucuğum. Konumuz bu değil. Konumuz, senin evlenmeyi düşünüp düşünmediğin.

"Ben anlatırım sonra. Senin düşüncelerini merak ediyorum. Böyle geziyorum, eğleniyorum, yalnız başıma iyiyim mi diyorsun yoksa yalnızlık zor gelmeye başladı mı? Yeterince tecrübe kazandığını düşünüyor musun?"

"Nereden çıktı şimdi bu? Ne konuda tecrübe kazanmaktan bahsediyorsun?

"İlişkiler konusunda."

Bu muhabbetin yeri kalbimde ayrıdır. Şimdiye kadar hangi erkekle tanıştıysam hepsinden bu veya bunun çevresinde dönen bir cümle duydum: "Hayatımdan çok kadın geçti." Tren garı mısın sen? Önünden çok mu vagon geçti? Ya hayatından gerçekten çok kadın geçmiştir ve bu tip kendini bir Don Juan sanıyordur ya da size gözdağı veriyordur. Hayatımdan çok kadın geçti demek, mantıken, her birinin ruhunu daha iyi anlayıp, sonunda bir kadına nasıl davranmam gerektiğini öğrendim demek değil midir? Sen bu tecrübelerden bu sonucu çıkaramadıysan bence başka bir kadın daha sokma hayatına.

Sinan belli belirsiz gülümsüyor. Şaka mı yapıyorum, gerçekten mi soruyorum anlamadı ki çocuk. "Efsun, şarap seni çarptı galiba."

Sinan benden izin isteyip lavaboya gidiyor. Telefonunu masada bıraktı. Hani telefonunu tuvalette bile yanından ayırmayan erkekler tehlikeliydi? Çocuğun saklayacak bir şeyi yok demek ki.

Kalbim yerinden çıkacak şimdi. İlk defa telefon karıştıracağım. Ay çok heyecanlandım. Bana bu gazı veren anneanneme, anneme ve kardeşlerime teşekkürü bir borç bilirim.

Telefonun şifresi yok. E bakmama da gerek yok o zaman. Ama Sinan'a güvenmiyorum henüz. Otur kızım yerinde huzurla. Yok, dayanamayacağım, bakacağım. Neye bakacağım? Mesajlar... Son aramalar... Kim ki bu isimler, birini bile tanımıyorum. Ay, bir yere tıkladım. Yetmedi, bir daha tıkladım. Telefon kilitlendi. Benim de beynime çift tıklarlar inşallah. Ne yapacağım şimdi? Koy yerine telefonu Efsun. Koy geri zekâlı.

Sinan geldi. Heyecandan telefonu bulunduğu yere bile koyamadım. Muhtemelen alnımda *Evet. O telefonu ben kilitledim* yazıyor.

"Efsun, sen telefonumu mu karıştırdın?"

"Evet."

Çocuk sorusunu tamamlamadan çıktı bu "evet" ağzımdan. Masanın altına girmek istiyorum ama örtü çok kısa, saklanamam.

"Niye? Ne bulmayı planlıyordun telefonumda?"

İsim, şehir, hayvan.

"Özür dilerim. Kendimi tutamadım."

Bu akşam ölürüm, beni kimse tutamaz. Sen bile tutamazsın Sinan. Yıldızlar tutamaz. İyi ki sinemaya gideceğiz ve iyi ki sinemada konuşmak yasak. Yoksa bu akşam geçmez. Zehir ettim yemeği hem kendime hem de çocuğa. Bence ben artı puan falan toplamıyorum çünkü bu işte iyi değilim. Herkes iyi olduğu işi yapmalı diye düşünürken bir sesle irkiliyorum.

"A-a Sinan?"

Gözümün önünde bir ışık huzmesi beliriyor. Hayır, bu sefer o psikopat fotoğrafçı değil. Bu bir kız. Arkasından güneş mi vuruyor? Bu kız niye güneşli bir lazer şov eşliğinde masamızın yanında bitti?

"Selin?"

Bir kız genç ve güzelse Kanyon'dadır, orasını anladık. Bu cins kızların adı da ya Selin ya da Begüm'dür. Benim şansıma Selin çıktı.

İkisi de ayağa kalkıyor ve birbirine sımsıkı sarılıyor. Aynen Sinan'la benim Fırtına Apartmanı önü sarılışımız gibi.

"Sinan inanmıyorum, kaç yıl oldu görüşmeyeli?"

"Dört yılı rahat var. Selin, hiç değişmemişsin."

Hiç mi? Emin misin? Bir de yakından bak bakayım? Kaz ayaklarına odaklan. Mutlaka değişmiştir insan dört yılda.

Eğer Sinan beni Selin'le önümüzdeki altı saniye içinde tanıştırmazsa büyük olay çıkacak.

"Kıskanıyor musunuz Efsun kuzum?"

"Yek yeaaa ne kıskanacağım!"

"Buradan pek öyle görünmüyor."

"Ruhlar aleminden öyle görünmemesi normaldir Sabahattin Ali."

"Biraz ayıp ediyorsunuz..."

"Özür dilerim. Az sonra kıskançlıktan ikiye çatlayacağım. Ne fena duyguymuş bu. Selin gudubet bir tip olsaydı umurumda olmazdı belki. Ama bu kızla boy ölçüşebilmem imkansız. Saçlar uçuş uçuş, tayt giymiş, poposu portakal gibi küçücük. Pes yani."

"Kimseyle boy ölçüşmenize gerek yok. Şu an Sinan sizinle beraber."

"Ama yarın kiminle beraber olacağı belli değil."

"Kendinize güvenmiyor musunuz?"

"Gerçekçiyim diyelim. Elimi attığım her adam beni aldattığı kız arkadaşıyla evlenince beyinde kalıcı bir hasar oluyor haliyle. Kusura bakmayın ama sizin bakış açınız da biraz nahif değil mi?"

"Unutmayın ki yakın zamana kadar sizinki de nahifti."

Öyleydi, değil mi?

"Efsuncum, Selin'le tanıştırayım seni."

Canım, sağ ol. Zahmet oldu.

Karşılıklı memnun olduk. Sinan'la Selin konuşmaya devam ediyor ama ne konuştuklarını istesem de duyamıyorum çünkü sinirden kulaklarım tıkandı. Nasıl da gülüyorlar birbirlerine. Selin bana bir şey söyledi ben de evet, aynen dedim. Ellerim hafiften titriyor. Sanki karnımda bir dalga var ve bir boğazıma, bir akciğerime vuruyor. Bizimkilerin lafları mı bu kadar gaza getirdi beni?

KİM BU KIZ???

"Selin benim eski kız arkadaşım."

Dediniz ve bizden tam 300 TL değerindeki bu oksijen maskesini kazandınız. Maskeyi önce çocuğunuza takın diyeceğim ama çocuğunuz yok çünkü daha evlenemediniz.

Aa, o ne? Bir de elinde puset varmış Selin'in. Panik atak geçirdiğim için şu an fark ettim. Pusetin içinde sanırım hayatımda gördüğüm en güzel bebek, pembe fırfırlı kıyafetler içinde uyuyor. Adı Fırfırella mı bunun?

Kaçlı bu kız? Umarım benden büyüktür. Kızım olursa ismini Selin koyacağım. Bari talihi anasına benzemesin. 360 derecelik bir kıskanma yaşıyorum şu anda. Kızın kendini mi kıskanayım, kızı Sinan'dan mı kıskanayım yoksa bebeği mi kıskanayım?

Sinan pusetteki bebeğe hayran hayran bakıyor. Selin, kiminle, nasıl ve ne muhteşem bir düğünle evlendiğini anlatıyor. Bana da bu medeniyeti ayakta alkışlamak kalıyor.

"Selin biraz otursana bizimle, ayakta kaldın."

O kız bu masaya oturursa kalkar giderim.

"Olur, on dakika oturayım."

Bildiğin oturdu. Kıçım yemedi, yerimde oturuyorum. Fırfırella gözlerini bana dikmiş, cin cin bakıyor.

"Eee, anlat Selinciğim, işe devam ediyor musun?"

Yok artık. Bu kadar bakım, süs, çocuk, evde kocayı hoş tut... Hangi ara çalışacak vakit bulsun kız? Ben çok çalıştığımdan kendime bu kadar bakamıyorum, yoksa peeehh, ben de en kral Kanyon kızı olurdum.

"Tabii, iş devam. Hâlâ aynı uluslararası danışmanlık firmasındayım. Managing partner oldum bu yıl firmaya."

Tamam! Burada kesebiliriz. Çok güzel bir çekim oldu. Arkadaşlar dağılabilirsiniz!

"Biliyorsun, ben çalışmadan duramam Sinan. Ama iyi ki de evliliği pas geçmemişim. İş ve evlilik bir arada olunca beni daha dinamik yaptı."

Ne ara işe gidiyorsun sen bacım? Managing partner dediğinin Türkçe meali yönetici ortak. Bir de firmaya ortak olmuş. Çüş.

"Ada'yı kayınvalideme bırakacağım birazdan. Akşama bir iş yemeğim var, ona hazırlanacağım."

"Nerede yemek?"

Kazlıçeşme'dedir inşallah. Bu ikisi masada ben yokmuşum gibi koyu bir sohbete daldılar. Kızın bana yönelttiği bakışlarında kötü kötü anlamlar, ne bileyim kıskançlık falan yakalamaya çalışıyorum ama nafile. Zaten benim neyimi kıskansın. Haset olma fesat ol demişler demesine de şu an hem hasetim hem fesat. Biraz daha bu ruh halinde asılı kalırsam çarpılıp yamuk yumuk olacağım. Kız kalkıyor masadan. Bana bir şey diyecek. Hain düşman, al sana bomba!

"Etiler'de, Nusret'te. Neyse ben kalkayım artık."

Yankee go home.

"Efsuncuğum, çok yakışmışsınız birbirinize. Sizin de güzel haberlerinizi alırız umarım."

Bak, kızı bir anda sevdim. Ben de konuyu bu noktaya taşımaya çalışıyordum Selinciğim, teşekkürler. Sinan'la benim çıktığımızı sandı galiba. Çıkıyor muyuz ki? Aksiyon olarak evet, dışarı çıkıyoruz. Ah bu belirsizlik... Ne olursa tam çıkmış sayılırız? Maçta elimi tutmuştu ama 1907 Tribünü'ndeki rezilliğimi unutturmak için de olabilir. Öpüşünce çıkmaya başlar mıyız? Bence başlarız.

"Amin."

Selin gülüyor. Güldükçe kızın güzel yüzü daha da aydınlanıyor. Şaka gibi. Kendimi öldürüp arkama bakmadan kaçmak istiyorum.

"Efsun?

"Sinan?"

"Amin neyin nesiydi kuzum?"

Fakirin ekmeği.

"Şaka yaptım."

"Alemsin."

"Neyse, Selin'i anlatayım sana..."

Masanın o tarafından bunu merak ediyormuş gibi mi görünüyorum? Evet, haklısın merak ediyorum. Öleceğim meraktan. Kulağım sende. HAYDİ ANLAT!

"Biz Selin'le Zürih'te tanıştık."

Tövbe ya rabbim, hikayenin başlangıcına gel. "Erdek'te yazlıkta tanıştık" deseydin şaşardım zaten.

"Selin'in anne ve babası sonradan bizim bir aile dostumuz çıktı. Bu kadar yıl birbirimizden haberimiz yokmuş, komik."

Bak yüzüme. Gülüyor muyum ben? Sinan'ın ailesi kızı bağrına basmış. Beni severler mi acaba? Sinan'la evlenirsek ben onun babasına baba, annesine anne derim. Bir derdim yok bu konuyla.

"Sonra iki yıl çıktık. İlişkiyi İstanbul-Zürih arası yürütmek zordu. Koptu bir noktada. Ama hâlâ severim Selin'i."

Koptu diyen dillerini yesinler senin.

"Bak evlenmiş, bebeği ne tatlı değil mi?" dedi.

"Sen evlenmeyi düşünüyor musun?"

"Bir gün neden olmasın?"

Bak bak, cevaba bak... Konuyu yuvarlamalar falan... Oyna sen daha benim duygularımla.

"Vakit gelmiş, haydi sinemaya doğru yürüyelim istersen. Ben hesabı hallettim. Biletler sendeydi Efsun."

Çocuk gerçekten gerildi. E be Efsun, pat diye sorulur mu bu soru. Neyse, şu biletleri bulayım. Nerede bunlar? Cüzdana koymadım. Çantamın içini temizlerken fiş sanıp atmış olamam değil mi?

Yemek yediğimiz yerden kalkıp yirmi dakika boyunca bileti hangi çöpe attığımı bulmak için çöp çöp gezdik. Tabii ki de bulamadık. Sinan yeniden bilet aldı. Sinema salonuna girince karanlıkta sıvışması daha kolay olabilir diye göz ucuyla onu izledim. Arka koltuğumda oturan moron koltuğumu tekmeledikçe, "Vur, vur. Başıma da vur" demek istedim.

Çıkışta pek konuştuk diyemeyeceğim. Sinan beni eve bıraktı. Tam apartmanın önüne gelmiştik ve ben arabadan iniyordum ki beş dakika daha arabada kalmamı istedi. Akıllandı tabii bir daha kafasına terlik yememek için kapalı mekanları tercih ediyor.

"Benimle görüşmek istiyor musun?"

Nereden çıktı bu? Görüşmek ne demek? Seninle evleneceğim ben oğlum!

"Evet. Niye böyle bir şey sordun ki?"

"Bilemiyorum. Sen değişmiş gibisin. Acaba ben mi sıktım seni?"

Sen? Beni? Sen yokken on dört yıl can sıkıntısından öldüm ben be! Hayatımda bir tek arkadaşım var o da Sabahattin Ali. Adam yaşamıyor, ölü.

"Hayır Sinan, o ne demek?"

"O zaman biraz konuş benimle. Eski Efsun gibi. Anlat neler yaptın bu kadar yıl? Sen çok güzel anlatırdın her şeyi, böyle film senaryosu gibi."

Gözlerim dolmaya başlıyor. Şu anda kendilerini fal taşı gibi açtım çünkü kapattığım anda incecik yaşlar süzülecek gözlerimden. Araf'ta kalmış gibiyim. Bir yanım yürü diyor bir yanım yürü de gör belanı... Sinan farkında bende bir gariplik olduğunun. Yüzümün önüne düşen saçımı eliyle çekiyor. Göz göze geliyoruz. Biri şu çocuğa bana öyle bakmamasını söylesin lütfen.

"Efsun, ben seni çok bekledim. Lütfen heyecanımı yarım bırakma."

Düştü, gitti yaşlar. Gözlerimden çenemin iki yanına doğru ilerleyen yaşların biri sağ, biri sol omuzuma damladı. Birinden güzel bir şeyler duymayalı o kadar uzun zaman olmuştu ki... İnsanlar duygularını sakladığı gibi kelimelerini de saklıyor. Sanki hepimizin ortasında kocaman bir kutu var ve güzel bir laf eden ceza olarak kutuya 50 lira atıyor ve o paralar toplanıp bir hayır kurumuna bağışlanıyor. Kendimize hayrımız yok esas. Bu sefer öpecek beni dudaklarımdan. Öpse belki rahatlayacağım, silkinip kendime geleceğim. O an, belki de bu an.

KÜÜÜT! diye bir ses. Camıma yapışmış iki el ve bir yanak.

Mehmet Lütfi.

Sinan "Bu kim ya?" diyerek bir panik yaşıyor. Mehmet Lütfi eliyle camı aç işareti yapıyor. Allah'ın cezası. Bir daha hem arabadan çıkmamamız hem de bu sokağa girmememiz gerek. Sinan'a cama yapışan bu sivrisineği tanıdığımı söyleyip seviyemi korumaya çalışarak camı açıyorum.

"Mehmet Lütfi, n'apıyorsun arabanın camında?"

"Efsun, çilek çıkmış. Bir kutu bıraktım sana bugün."

Tek kişilik suikast çetesi. Şampanya ve çikolata da bırakaydın.

"Bu kim Efsun?"

"Bizim elektrikçinin oğlu. Zararsızdır."

Anladık. Bu gece de böyle noktalanacak. Mehmet Lütfi, arabadan çıkmamı bekliyor. Korkarım ki eve kadar eşlik edecek.

Arabadan inerken Sinan elime küçücük bir kutu tutuşturdu. Kutu kutu pense ayvayı yerse. Eve girdim, odama geçip yatağıma oturdum ve kutuyu açtım. On dört yıl önce çiğnediğim Şıpsevdi sakızının kâğıdı çıktı kutudan. İnanamıyorum. Saklamış bunu. Üzerinde şu cümle yazıyor:

Aşk, paranın alamayacağı şeyleri paylaşmaktır.

Kaderi zorluyor muyum acaba?

Kapım hunharca açılıyor. "Efsuuuunnn, hafta sonu bekarlığa kınam var!" diyor Merve.

Sidiklinin arkasından bizim ördek yavruları giriyor odaya. "Ay Cahide'de kopacağız!"

Doğmamış bebeğe hediyeler alınan Baby

Shower'dan sonra bir de bu çıktı başımıza "bekârlığa kına gecesi". İlle de her şeye bir Türk dokunuşumuz olacak.

"Yarın sabah köşedeki fotokopiciden de Murat maskelerini sen alır mısın Efsun? Bizim çok işimiz var."

"Murat maskesi ne be?"

"Aşk-ı Memnu'da vardı ya Behlül maskesi. Nihal ve arkadaşları takıyordu hani. Murat'ın yüzünü maskelerin üzerine bastırdım ben de Merve için. Bir de tişörtler yaptırdım. Onlar akşama, sürpriz."

Seyrettin mi diye sorsana o diziyi bir kere. "Bu gecenin sponsoru kim?"

"Sevgili babanız!"

Garip Oktay'ım. Çilekeşim. "İyi, alırım ben."

Merve direktiflerini verip ördeklerle beraber tek sıra, odamı terk ediyor.

Ne masanın üzerine çıkarım, ne o tişörtü giyerim ne de o maskeyi takarım. Şuraya yazıyorum. Kimse benden bir şey beklemesin.

Yeter ya, her bir yerden nikah fışkırıyor! Managing partner'mış... Fuck you Selin!

X

TAM TUR

"Artık benim için eskisinden beter bir hayat başlayacak."

Sinan'la öpüşebilmek kısmet oldu mu dersiniz? Olmadı. Sinema gecesinden sonra iki kere daha görüştük. Birinde İstanbul Modern'e gittik, birinde de Nişantaşı'nda öğlen yemek yedik. Kendimi kasım kasım kastığım için her ikisi de birbirinden garip buluşmalar oldu. Mesela İstanbul Modern'deki buluşmamızın konu başlığı "Türk Kızı Trip Günü Buluşması" idi. Sinan'a beni niye yeterince aramadığını, niye seyrek buluştuğumuzu ve niye en sevdiğim tatlıyı on dört yıl öncesinden hatırlamadığını ikişer kere sordum. Tam kendim gibi olacakken, söylenmeyecek ne varsa dilimin ucuna geliverdi. Nişantaşı'nda da karşımıza yine sevgili Selin çıktı ve hiç yoktan sebepsiz bir kavga çıkardım. Bu ne samimiyet, onu çok mu sevdin, aslında sarışınlardan mı hoşlanıyorsun, falan filan...

Sonuç? Şu anda Cahide'deyim.

Allah hiçbir bekar Türk kızını 19 tane gelin adayını aynı anda görmek zorunda bırakmasın. Sağdan sayıyorum 19. Soldan sayıyorum 19. Bu mevsimde evlenecek İstanbullu kızlar sözleşip Cahide'ye mi geldi? Hepsinin kafada duvak, duvağın üzerinde plastik taç... Sahnede kadın elbisesi giyip makyaj yapan bir grup erkekle kendilerinden geçmişçesine dans ediyorlar. Şov grubu gerçekten iyi. Sırayla kınaları yakılıyor. Kına gecesini icat eden kadının kemikleri sızlıyordur şimdi. Nereden nereye geldi olay. Buyurun size "Bekarlığa kına gecesi."

Merve de ikinci kınasını yaktırmak üzere gelin adaylarının arasında sırıtıyor. Sahneden bize beşer dakika aralıklarla "Evleniyoruuuumm!" diye bağırıyor. Görmemişin bekarlığa kınası olmuş... Bu arada arka masamda oturan altı kişilik içi geçmiş erkek grubundan biri yüksek sesle söyleniyor.

"Salah garıların hepsinin eline mum vermişlee. Yangın çıhacaa şinci. "

Sandalyelerimiz adamla sırt sırta, birbirine değmek üzere. Bir de o daracık aralıktan elinde içki tepsisiyle garson geçmesin mi? Tesadüf bu ya, ben tam o sırada sandalyemi tüm kuvvetimle geriye ittirmeyeyim mi? O şarap kadehleri adamın kafasına biiir biiir düşmesin mi? Hay Allah, görünmez kaza... Şşştt yağışuhlu, küs müyük?

Bu ne? Tuğçe hepimize üzerinde 'Bu gece kocamı evde bıraktım' yazan tişörtler dağıtıyor. İyi de ben niye giyeyim ki bunu? Tuğçe'yle Ceren de bekar. Anlamsız bir hareket. Merve başarıya ulaşmasına az kalan 19 gelin adayı arasından yavru ceylan gibi seke seke yanımıza geliyor.

"Tuğçe çok manyaksın yaaaa. Ver hemen giyeyim de bi foto çekip Face'e koyalım!"

Bu hayatta ne yaşarsak yaşayalım Facebook'a koymak zorundayız. Racon böyle. Merve bekarlığa veda yapıyor da Murat ne yapıyor acaba?

"Murat da bekarlığa veda yapıyor mu?"

"Evet sorma. İnanılmaz sinirliyim. Dün birbirimize girdik. Tutturdu Amsterdam'a gideceğiz erkek erkeğe diye."

"Mantar yemeye mi gidecek?"

"Evet, göğüsleri olan konuşan mantarları yemeye."

"O ne ki?"

"Amsterdam ne çağrıştırıyor sana? Karı-kız tabii ki!"

"Tamam canım kızma. Eee, sonuç olarak nasıl uzlaştınız?"

"Kıbrıs'a gittiler."

"Orası sadece kumarı çağrıştırıyor bak."

"Aman ne yaparsa yapsın. Düğün günü gözümün önünde olsun yeter. Zaten talimat verdim, 'Kıbrıs'tan yarım saate bir beni aramazsan bu iş biter' diye. "

Sidikli Merve'den sert hareketler. Erkeklerin bekarlığa vedalarını kutlama şekilleri hayli ilginç. Çevremde evlenen çoğu çiftin arasındaki ilişki bu bekarlığa veda esnasında kopma noktasına geldi. Kız kıza bekarlığa veda yapmak dert değil de, kızlar erkeklerin bekarlığa vedasına bir hayli kıl oluyor. Tabii o gece ne film döneceğiyle ilgili kafada kuruluyor da kuruluyor. Striptizci mi gelecek, adam çok içip sarhoş mu olacak, o sapık erkek arkadaşları bu sabiyi ne hale getirecek... Kısacası gecenin nasıl sonlanacağı akıllarda hep bir çengel bulmaca olarak kalıyor.

Erkekler bekarlığa veda konusunda kızlara kalp krizi geçirtme konusunda liderdi de şu ortaya atılan zenci bebek vakası, kızları 1-0 öne geçirdi. Kızın biri evlenmeden önce zenci bir striptizciyle yatmış ama hatırlamıyor. Hatırlamıyor ki maaile yurtdışına doğuma gidiyorlar. 9 ay sonra doktor kızın kucağına nur topu gibi zenci bir bebek veriyor. Çok mu çılgındınız beyler? Alın size 10 numara çılgınlık. Sizin bekarlığa veda partileriniz yüzünden yıllardır kaç masum Türk kızı telef oldu. Biraz da siz tırsın şimdi.

Önüme devasa bir şampanya kadehi koyuyor garson. Bunun adı Genç Kız Rüyası'ymış. İçinde de kocaman kamışlar var. Hüpleten rüyaya dalıyor.

Tuğçe'yle Ceren hafiften sarhoş olmaya başladı. Beni de oynatmaya çalışıyorlar. Oynamamak için fotoğraf makinası, kamera, dikiş makinası, elime ne geçerse onunla oyalanıyorum. Fonda çalan her şarkıda bir evlilik mesajı var. "...Bitmesin bu rüya, sonunda evlilik olsun n'olur uyandırmaaa...", "...Gümüş desem, gümüş değil, altın bir yüzükle bana bakıyor, gülümsüyor, hayırdır inşallah!", "...Dur dur ya da tamam sen söyle, tam tur hem de büyükten şöyle!"

Evlenemeyen tez zamanda ölsün. Gecenin ana fikri bu.

Masada kıvırcık saçlı bir kız var, sempatik birine benziyor. Bu kızı tanıyordum galiba. Adı dilimin ucunda...

"Efsun ben Burcu, hatırladın mı?"

Yok, dilimin ucunda değilmiş. Hatırlamadım.

"Hatırladım tabii, n'aber Burcu?"

"İyilik. Senin cephede var mı evlilik haberi? Sinan'la görüşüyormuşsun."

Tuğçe'yle Ceren resmen ayaklı gazete. "Sen Sinan'ı tanıyor musun?"

"Ay evet. Çok hoş çocuk ya... Yeni gelmiş galiba Türkiye'ye. Zaten aynı yerlere takılıyoruz. Çocuğu fark etmemek imkansız."

Oooo beyimiz geziyormuş. "Sende var mı evlilik?"

"Yok henüz."

Bu da benden. "Sen kaç yaşındaydın Burcu?"

"25. Niye?"

Benden değil. "Hiç, merak ettim."

Şu an itibariyle Burcu bana sempatik gelmemeye başladı. Yaşıtına bak kızım sen, benimkine gözünü dikme, oyarım o çukur gözlerini.

"Efsun, bence Sinan inanılmaz bir kısmet. Sen kaçırma onu."

Tuttuğun altın olsun kıvırcık. Demek bana bağışlıyorsun Sinan'ı. "Bakalım, görüşüyoruz öyle.

"Ucunu sıkı tut. Etrafta atmaca gibi kızlar var."

Ki bunlardan biri de sensin. "Aman Burcu..."

"Aman deme. Bu zamanda bir erkeğe kırk kız düşüyor. Sen onu mutlu edemezsen seninle mi uğraşacak, arkasını döndüğü anda seçenekler hazır."

"Biliyorum. Siz ne kadar bilinçli bir gençliksiniz. Karışık mevzular bunlar tabii. Ben pek o kafalarda değildim..."

"Gireceksin o kafalara Efsun."

Kıvırcık. Yavaş. Büürrrsstt!

"Bak, Merve'yle Alara'nın üç arkadaşı var masada. Üçü de yıkılan çocuklar buldu. Sırayla evlenecekler."

Evlenme yaşı 8'e düşecek diye korkuyorum. "23 evlilik için çok genç bir yaş değil mi?"

"İyi de genç anne olmak diye bir şey var."

Ah be kıvırcığım... Bir de genç anne olma meselesi var değil mi? Doğru söylüyor. Şimdi ben 30'um.

Sinan'la çıkmaya başladık, coştuk, koştuk diyelim... En iyi ihtimalle bir yıl sonra bana evlenme teklif eder. Evlendik, ama biraz da hayatımızı yaşayalım desek iki yıl daha geçti. Oldum 33. Çocuk yapmaya karar verdik ama doğurmamla ilgili bir problem çıktı, tüp bebek tedavisine başladım, etti sana 34. Tüp bebek de işe yaramadı, sırasıyla akupunkturculara, şifa dağıtan amcalara ve köprüden önceki son çıkış olarak Aysel Teyze'ye gittik, bir yıl da böyle geçti. Oldum mu sana 35.

Hoş geldin yolun yarısı.

35'te doğursam, çocuk 15 yaşına gelince 50 yaşında oluyorum! Bunca yıl boşuna nefret etmedim matematikten. Millet 23'ünde çatır çatır evlenirken sen niyet etmeye 30'unda başlarsan olacağı budur. Kadınlar boşu boşuna omzuna çarpıp geçen adamdan hamile kalmaya çalışmıyor. Bu eylemin arkasında haklı bir neden var. Elimi çabuk tutmam lazım.

Bu ne ya? Ceren elime bir maske verdi. Murat maskesi. Hepimiz Murat olacakmışız bu gece. Ay ne eğlenceli. Hayatta takmam. Üç nişanlı ve sidikli Merve arasında tam tur muhabbeti döndürmeye başladı. Atos, Portos, Aramis ve Dartanyan.

"Merve, tam turda diret. Sakın taviz verme."

Bunlar birbirini nasıl dolduruyor ya... Şu kıvırcık bile on beş dakikada dünyamı altüst etti.

"Verir miyim? Kaynanama sessiz sakin takılıyorum ama Murat'ı dolduruyorum alttan alttan. Ben söyleyip de niye kötü gelin olayım, Murat söylesin annesine!"

Ayol, Murat'ın ablası da masada. Kız duyacak şimdi sizi. Gözü dönmüş tam tur avcıları. Ablası da şeker kız. Bütün gece porselen bebek gibi oturdu yerinde. Böyle Merve gibi içten pazarlıklı cadılara Allah iyi kaynana ve görümce verir, iyilere de en beteri düşer. Zalim dünya.

Çok sıkıldım çok... Haydi bitsin bu gece.

O gece kızların hepsi sarhoştu, ben ayıktım. Eve geldiğimizde Merve'yle kardeşlerimi mutfağa oturtup birer Türk kahvesi yaptım. Pijamalarını giydirdim, yataklarına yatırdım. Uyurken o kadar masum görünüyorlardı içlerine koca kadın kaçmış bu küçük çocuklar... Bizim küçüklüğümüz, TRT 1'de kanun çalan kız, Perihan Abla ve Bizimkiler üçgeninde geçti. Tek kanal dönemi çocuklarıyız ne de olsa. Barbie bebeklerle evcilik oynardık. "İçkiye ilaç atma" diye bir kavramın doğuşuna şahitlik ettik biz. Bir yanda Ayşecik bir yanda Nuri Alço ile büyüdük. İyi ve kötü arasında çok keskin bir çizgi olan zamanlardı.

Şimdiyse bambaşka bir dünya var. Onlar da bu düzenin içinde büyüdüler. Beş yıl bile insanın evriminde ne kadar çok şey fark ettiriyor. Annelerimizi geçtim, esas anneanne ve babaannelerimiz resmen çağa uyum mücadelesi veriyorlar. Tam teyze oldum. Gecenin bu saatinde kafası zehir gibi çalışan Y kuşağına bok atıp duruyorum. Patates beyinli Efsun. Biraz feyz al Y'lerden!

O ne, salondan ışık mı geliyor? "Nur teyze?"

"Efsun, nasılsın kızım?"

"İyiyim. Kızlar yattı."

"Duydum demin. Sağ ol, ilgilendin."

"Rica ederim. Sen iyi misin? Hayırdır, niye bizdesin?"

"Annenlere yatın, ben beklerim dedim. Ne bileyim öyle düşüncelere daldım."

"Ne gibi düşünceler?"

"Biraz korkuyorum galiba Merve de benimle aynı kaderi yaşar mı diye."

"Niye yaşasın teyzeciğim? Murat düzgün bir çocuğa benziyor."

"Evlendiğimizde benim kocam da düzgündü. Parası yoktu o ayrı. Biliyorsun işte olanları..."

Bu da hazin bir hikayedir. Nur teyzemin yediği içtiği ayrı gitmeyen bir arkadaşı vardı. Hatta hayattaki tek arkadaşıydı diyebilirim. Teyzemin kocasıyla bu kadın meğerse uzun zamandır gizli bir ilişki yaşıyorlarmış. Aldatma olayından sonra teyzem darmaduman oldu. Adamı kaç kere affedip kaç kere evden kovduğunu sayamadım. Teyzem hep derdi bize, evlendiğiniz zaman en yakın kız arkadaşınızı bile eve çok sık sokmayın, kocanızla samimi etmeyin diye. Bir bakıma haklı. İnsan elinde olmayana daha bir iştahla bakıyor.

"Teyzeciğim, sen içini ferah tut. Merve akıllı kız."

Cin o. Eti cin.

"Tamam kızım, haydi ben geçiyorum eve."

"İyi geceler."

Hayata tutunmak, anlatılması zor bir şey. İnsan ne yıkımlar yaşıyor ama öyle ya da böyle devam ediyorsun yola. Yürürken sağ kolun düşüyor, sonra sol gözün. Düşenleri yerden toplayıp idareten yerine takarak ilerliyorsun bir şekilde. Artık o gözü ters mi taktın, sadece iç organlarını mı görüyorsun fark etmiyor. Dıştan bir bütün halindesin ya... En zarar gören şey, umut edebilme yetin oluyor. Her seferinde bir parça daha kapıyorsun kendini. Keşke vücutlarımız olmasaydı ve ortada ruhlar şeklinde gezebilseydik. Vücutlarımız ruhumuzu saklayabilmemiz için ideal bir kılıf sadece. Ruhun belki onun boynuna sarılmak, kucağına oturup, küçücük kalmak istiyor ama yüzünde bir mimik bile kıpırdamıyor. Oyunculuğun bir meslek olması ne kadar manidar.

Hayatım eskisinden güzel mi, beter mi olacak göreceğiz. Bir yandan kaybedeceğim çok şey varmış gibi geliyor. Bir yandan da kaybedecek hiçbir şeyim yokmuş gibi. Hayatımda ilk defa ne kalbimi, ne de mantığımı, sadece fasulye beyinli bir grup genç kızı dinliyorum.

"Diye diye öldü Efsun", mezar taşıma böyle yazın.

Madem bu vücut benim, ben de tüm düşüncelerimi istediğim gibi saklarım, oyunumu oynarım. Yarın gelin hamamı var. Benim vaktim de değerli ve kısıtlı. Sinan'ı ele geçirip evlilik kıvamına getireceğim. Stop.

XI

O KURNADAN BU KURNAYA ÇİRKEF SIÇRAMIŞ

"Müthiş bir can sıkıntısına ve melankoliye düşmemek için ne kadar gayret gösterdiğimi görmüyor musun?"

Ayşegül gelin hamamında.

Buharlaşmak üzereyim. Kirpiklerimden su damlıyor. Beynim ağır geliyor. Çıkarıp hamam tasının içine koyasım var. Üç saat oldu. Bu kadınlar hâlâ zeytinyağlı dolma yiyip, göbek atıyorlar. Ne doydular ne yoruldular. Halimi en iyi, üzerinden kan damlayan gül fotoğrafı anlatır.

Peştamal, ikinci derim gibi oldu. Ne enerjiniz varmış arkadaş... Bitmedi gitti. Doksan iki yaşındaki Müyessir teyzem bile hem oynuyor hem kaşık kaşık kısır yiyor. Üresin'le Türesin takunyalarını kaybetmiş, göbek taşının etrafında üçtür dönüyorlar. Adile Naşit karşımdaki kurnada mı oturuyor yoksa ben mi hayal görüyorum? Yok, bizimkiler şarkı söylemeye başladı, oradan *Tosun Paşa* çağrışımı oldu.

"O kurnadan bu kurnaya çirkef sıçramış. Kırk beş yaşında da Adile de Hanım, pek de kartlaşmış."

Bir teyze yanıma geliyor. İçerideki buğudan tam göremiyorum yüzünü. Adile Teyze? Sen misin? Hani kuzucukların?

"Kızım, kalkıp salınsana şöyle. Geldiğinden beri yerinde oturuyorsun."

Bu, başka bir teyze. Tanımıyorum.

"Yok teyzeciğim, iyiyim ben."

"Suratın kıpkırmızı olmuş. Git soğuklukta bir ayran iç bari yavrum."

Hamam kardeşliği. Cümlenin içinde soğuk kelimesi geçince, pilli bebek gibi yerimden kalkıp soğukluğa doğru ilerliyorum. Cağaloğlu Hamamı'ndayız. Normalde tüm bu çalgı çengi işi soğuklukta yapılırmış da artık bizim müstakbel damadın annesi ne yaptıysa, çılgın eğlencemiz hamamın iç kısmına alınmış.

Oh. Soğukluk bana kaldı. Elimde buz gibi ayran. Kendime geldim.

Sinan ne yapıyor acaba? Öğle yemeğine çıkıp Selin'i gördüğümüz olmaz olası Cuma günün akşamı iş için Paris'e gitti. Yarın akşam dönüyor. Ve önümüzdeki Cuma sidikli Merve evleniyor.

Mesajlaşmalarımız seyrekleşti. Beni sadece bir kere aradı. Şanssızlık bu ya, o da akşama denk geldi. Ben telefonda konuşurken evdeki kadınlar karşımda maymun gibi hareketler yapıp 'böyle de, şöyle deme' diye diye bir rahat konuşturmadılar.

Şu sosyal medya olayına da girmez olaydım. Dakika başı Facebook, Twitter ve Instagram'ı kontrol ediyorum bir şey yazmış mı, bir fotoğraf eklemiş mi diye. WhatsApp'a en son girdiği saatlerin çizelgesini çıkardım. Oradaki seyahati istatistiki olarak nasıl bir seyir izliyor, anlamaya çalışıyorum. Manyağa döndüm resmen. İş, kontrol etmekle de bitmiyor. Kimler "beğenmiş", kimler "fav'lamış" kısmı var bir de. O "beğenip", "fav'layan" kızların profillerine giriyorum teker teker. "Hımm, bu eşiyle fotoğrafını koymuş, zararsız." "Anaa, bu kız hem sarışın hem tek omuz açık fotoğrafını koymuş, kim len bu?" diye kendi kendime sinir küpü şeklinde dolanıp duruyorum iki gündür.

Acaba gece dışarı çıkmış mıdır? Çocuk Paris'e gitti. Niye çıkmasın? Günaydın mesajı atıyor da, iyi geceler mesajı gelmiyor. Bir de ilk gün gülücüklü mesaj atıyordu bu sabah gülücüksüz attı. Şu an bir dilek hakkım olsa, onun kafasına girebilmeyi dilerdim. O da beni düşünüyor mu acaba? Biz ne zaman resmi olarak çıkmaya başlayacağız? Haydi dönsün artık. Çok özledim.

Soğukluğun kapısı açılıyor ve içerideki deli kadın grubu teker teker soğukluğa doluşmaya başlıyor. Annem yanıma geliyor.

"Domuz gibi oturdun hamamda. İnsanların neşesine ortak ol. Haydi kına yakılacak, hareketlen biraz."

Geçtiğimiz haftalarda odak noktası benken, 'Efsun, bebeğim'ler havada uçuşurken şimdi gözden düştüm. Şöhret, ateşten bir gömlekmiş. Siz benim başımı yakmışsınız, bir de üzerine kına mı yakayım?

Mey dey. Anneannem elinde kınayla yaklaşıyor.

"Getir elini."

"Yok anneanne, istemiyorum ben."

Sinan bu kına olayından nefret edermiş. Evlilik muhabbetiyle kendisine cinnet geçirttiğim İstanbul

Modern'deki buluşmamızda söylemişti.

"Getir. Sinirimi bozma."

Kınayı iki avucumun içine koydu bile. Ellerimi de birer mendille bağladı. Merve ağlıyor. Dile kolay, kaç nesildir ilk defa bir Özcim kızı iyi yere gelin gidiyor.

Dün bütün gün, bir elbise bulmak uğruna yürümekten ayaklarıma kara sular indi. Osmanbey'de, sokak arasındaki bir butikten bizimkilerle birlikte yeşil bir tuvalet aldım. Sonu gelmez bir pazarlık muhabbeti... Hadise'nin bir şarkısı varmış, "Bu kalp kaç defa sever?" Bizimkiler de "Söylesene Oktay'ım bu kart kaç defa çeker?" diye şarkı söylüyorlardı kasada. Kaynana, elbisesini Nişantaşı'nda sosyetik bir modacıya diktiriyormuş.

Geldik düğün organizasyonuna... Süsleme faslı beni benden aldı. Yok peçeteleri kuğu şeklinde mi katlayalım, yok bahçeye Japon feneri mi asalım, ilk dans müziği şu olsun, son dans müziği bu olmasın, üç Fransızca, dört İngilizce çalsın sonra sırf Türkçe gitsin... Vakit dar olduğu için gelinlik de aceleye geldi ama damadın annesi bonkör çıktı. Beyrutlu bir modacı mı ne varmış, onun gelinliklerini satan bir mağazadan kredi kartıyla, tek çekim aldı kadın gelinliği.

Takı alma merasimi evlere şenlikti. Cümbür cemaat, kaynana dâhil yüzük almaya gittik. Bizimkiler bir mütevazı, bir uyumlu... Ağzı var dili yok. Sonra eve gelince, bekarlığa kınaya gitmeden önce kaynananın arkasından söylemedikleri kalmadı. "Öbürünün taşı daha iriceydi", "İnsanın parası olsa bile gönlü zengin olmalı" diye huşu içinde evde dolandılar. Kadın gelinliği elin Beyrutlusundan aldı, ne isteseniz yapıyor, tatlı da bir kadına benziyor. Ne ki sizin derdiniz?!

Çok şükür ki gelin hamamı bitti, evimdeyim. Yalnız gözümün önüne Müyessir Teyze'nin memeleri geliyor çünkü tam benim önümde oynarken peştamalı üzerinden kayıp yere düştü. Allah baba kimseleri 80 yaşın üzerinde çıplak kadın görmek durumunda bırakmasın. Evdeki herkes deliye bağladı. Bir ağlıyorlar, bir göbek atıyorlar. Düğüne sadece beş gün kaldı.

Sinan'ın Facebook'una en son ne zaman girdim? Dört dakika önce. Kurtulur muyum bunalımdan, hamakta sallansam? Mutfağa giriyorum. Tüm kadınlar Nur teyzemlerde. Babam mutfakta.

"N'aber Efsun?"

"Daha iyi zamanlarım olmuştu."

"Sinan da geliyormuş düğüne."

"Ne? Neden? Nasıl? Ne zaman? Niye? KİM ÇAĞIRMIŞ??"

5 N 1 K.

"Anneannen aramış bugün."

"Telefonunu nereden bulmuş?"

"Tuğçe vermiş."

"Tuğçe nereden bulmuş?"

"Senin telefonundan."

"Ya bütün gün hamamdaydık, ne ara aramış ki? Sinan gelmiş mi ki İstanbul'a?"

"Yarın geliyormuş."

Anneannemle Sinan çıkmaya başladılar da benden mi saklıyorlar?

"Niye böyle bir şey yapmış? Ne alaka bizim düğünde Sinan?"

"Kızım, sana bir haller oldu. Sen de uydun bunlara. Halin, tavrın değişti. Kitap bile okumuyorsun kaç zamandır. Onlar sana şöyle yap, böyle yap diyor, sen de aynısını yapıyorsun. Bak dikkat et Sinan'la olan ilişkine. Sonu hüsran olmasın."

Olmasın, ben de onu diliyorum.

Cibirink! Telefonuma Sinan'dan mesaj geliyor. Ölsem bekleyemem, hemen cevap atacağım.

"Efsun, n'aber?"

"İyiyim Sinan, sen?"

"İyiyim, yarın akşam İstanbul'dayım."

"İyi yolculuklar şimdiden... Paris nasıl?"

"Süper. Senin kuzenin evleniyormuş galiba. Anneannen beni düğüne çağırdı."

"Evet, sorma... Benim haberim yoktu. Gelmek zorunda değilsin."

"İstemiyor musun yani gelmemi?"

"Yok, isterim tabii de seni zorlamayayım."

"Geleceğim düğüne. Yarın sabah ararım seni. Şimdi yemeğe gitmem lazım."

O düğünde kesin bir şey gelecek başımıza. Ya bizimkiler Sinan'a evliliğe teşvikle ilgili olur olmaz laflar söyleyecek ya da koca memeli kuzenlerim Sinan'a yazacak.

Küçükken anneannem Tuğçe'ye, Ceren'e ve bana birer civciv almıştı. Mavi boyalılardan değil, bildiğin sarı civciv. Sonra bunlar büyüdü. Kardeşlerimin-ki tavuk oldu, benimki horoz. O zaman anneannem demişti, bu kızda bir çıkıntılık var diye. Tavuklara ne oldu hatırlamıyorum ama ben o horozu uzun süre besledim. Kimi zaman beni köşeye sıkıştırıp gagaladı ama yine de sevdim. Sonra bir gün, horoz ortadan kayboldu. Berbere kaçtı demişlerdi de inanmıştım yıllarca. Sorgulamadım bile niye berbere kaçtı diye.

"Tavukların arasındaki horozdunuz yani siz."

"Evet Sabahattin Ali. Şimdi de tavuk olmaya çalışıyorum ama değişebilmek bu kadar kolay mı? Bunun cinsiyet değiştirmekten ne farkı var?"

"Sinan belki sizi horoz olarak seviyordur."

"Gay yani?"

"O laf nedir?"

"Yok, önemli değil. Neyse Sabahattin Ali, siz sıkmayın canınızı. Her şey kontrolüm altında."

"Ona ne şüphe..."

Ev bana dar geldi. Salondan bağırışlar geliyor.

"Ya Nimet'le Fehmi küs. Aynı masada oturamazlar diyorum."

Annem, masa düzenine geçmiş. İyi ki İzmir'de olmuyor bu düğün. Yoksa damat düğünden önce çelenk getirenlere bahşiş verip geleceğim diye bir kaybolurdu, bir daha da kimse izine rastlayamazdı. Toplamda yüz kişinin katılacağı düğün için neden kavga ediliyor? Oturt herkesi bir yere, bitsin gitsin.

"Kızım oturt herkesi bir yere demekle olur mu bu iş? Olay mı çıksın istiyorsun düğünde? Fehmi o buruşuk suratına bakmadan aldı 25'lik gencecik kızı, bıraktı Nimet'i. Kadın niye otursun onun yanına?"

"O zaman Fehmi'yi çağırmayalım."

"O da olmaz. İzmir'in yarısı Fehmi'nin. Yarın öbür gün bir işimiz düşebilir."

Dıdısının dıdısı... Nimet'le Fehmi kim? Nimet, anneannemin bir şeyiydi de neyiydi? Bizimkilerin çıkardığı düğün listesine bakıyorum. Neredeyse dört yüz kişi var.

Anneme soruyorum. "Kaç kişilik olacak bu düğün?

"Yüz."

"Bu listeye tek gözümü kapatıp bakınca bile iki yüzden fazla kişi görüyorum anne. Alakasız kişileri niye çağırıyorsunuz?"

Nur teyzem sinirleniyor. "Çok biliyorsun sen çünkü düğün masası yapmayı, daha önce evlendin, değil mi?"

Bak Nur. Kalbimi kırıyorsun ama.

"Yok teyze, ondan demedim. Ne bileyim, erkek tarafına ayıp olmaz mı?"

"Biz büyük aileyiz. Yüz kişilik düğün yapmak esas bize ayıp değil mi?"

Galiba karşı taraf yüzde yüz çöpsüz üzüm. Çocuğun sadece annesi ve babası katılacak düğüne. Merve evlilik teklifi aldığı zaman siz demediniz mi, *Aman evlensin de ne zaman, nerede olduğu fark etmez* diyen?

"Tamam ya ben karışmıyorum."

"Seni de Sinan'la oturtuyoruz."

Yok bir de oturtmasaydınız. Sinan'ı Fehmi'nin yanına, beni de Müyessir teyzenin yanına koyaydınız. Ay kahretmesin, gözümün önüne Müyessir teyzenin memeleri geldi yine.

"Lafı gelmişken anneanne, Sinan'ı aramışsın."

Beni duymamış gibi başka tarafa bakıyor. Bak bak sağır numarası yapıyor. Bir küçük rakıyı tek başına içer ama işine gelmediğinde duymuyorum ayağına yatar. İkinci kez sesleniyorum, yine bakmıyor.

Sonunda baktı.

"Sinan da gelsin düğüne. Düğüne beraber gelmek önemlidir. Hem çocuğun aklına iyice sokarsın evlenmeyi. Nikahta keramet vardır. Ailemizi de tanır."

Ben esas ondan korkuyorum.

"Orada burada gezip duruyorsunuz. Sen sahipsiz değilsin, bilsin."

"Anneanne, siz bu çocuğun küçüklüğünü biliyorsunuz. Sinan öyle bir şey düşünür mü benimle ilgili?"

"Erkek değil mi? Hepsi düşünür. Bu kadar yıl içinde Sinan hiç değişmedi mi sanıyorsun?"

"Ne yönde değiştiğini sen biliyorsun galiba."

Anneannemle Sinan kesin çıkıyor.

"Saf olma. O zamanki halinizle şimdiki bir değil. Hele erkekler... Bir sürü ne olduğu belirsiz kız girip çıkıyor hayatlarına. Hepsinin içi kirleniyor."

Bu muhabbeti daha fazla uzatamayacağım. Arkamı dönüp odama gidiyorum.

Pazartesi sabahına Sinan'ın telefonuyla uyandım. Akşam İstanbul'a geliyordu. Salı akşamı kimselere söz vermememi istedi. Sanırım romantik bir yemek planlamıştı. Belki durumu bu yemekte toparlardım ki düğüne kadar kesinlikle daha normal bir Efsun olmam şart. Alttan alttan vermem gerek odunu beyzademize.

Salı sallanır. Ay sallansın ayol, Sinan'ım geldi!!!! Sinan hayatıma yeniden girdiğinden beri kalbimin attığını hissediyorum. Aldığım nefes bazen o kadar keskin geliyor ki irkiliyorum. Bir de kalbimin altına bir kirpi oturmuş durumda sanki. Düz durunca bir şey yok da, hafif sağa doğru kıvrılınca kirpinin dikenleri kalbime batıyor. Sabah kalkmak, akşam yatmak, banyo yapmak, kısacası her aksiyon için bir sebebim var. Sıradan giden hayatım nasıl da değişiverdi bir anda... Elimde telefon, Sinan'ın bana göndermiş olduğu mesajı on iki keredir okuyorum.

"Akşam seni sekiz gibi evden alacağım. Eşofman ve spor ayakkabı giy."

Ne iş? Gece gece triatlon mu yapacağız?

"Ne bu eşofmanlar?"

Tuğçe başımda dikilmiş.

"Sinan'la çıkacağız bu gece. Eşofman giy demiş."

"Koskoca sosyetik çocuğu kendine benzettin üç günde."

"Tuğçe seninle polemiğe giremeyeceğim. Haydi, çıkıyorum ben."

Sinan'la sessiz sakin bir araba yolculuğu yaptık. "Paris nasıldı?", "Hava nasıldı?", "İşlerin nasıldı?" diye sıkıcı sorularımı art arda sıraladım. O da kısa kısa cevaplar verdi. Benden uzaklaşıyordu, farkındaydım. Fakat bir yandan da halen bir çaba içerisindeydi. Bense, onu her gördüğümde boynuna atlamak isterken nemrut birine dönüşüyordum. İçimde resmen iki kişi yaşıyordu. Çoklu kişilik bozukluğuna gel.

Balat'ın dar sokaklarına girdi arabamız. Yollarda kıvrıldık da kıvrıldık. En sonunda hangar gibi bir kapının önünde durduk.

"Geldik."

"Neresi burası?"

"Korkma, seni yemem. Haydi in."

Arabadan indik, Sinan demir kapının kilidini açıp kapıyı yana doğru sürdü. Işığı açtı. İçeride bir masa, tavana asılı bir kum torbası, bir tilt makinesi bir de... Pinpon masası vardı.

"Al bakalım, senin raketin yıllar önce bende kalmıştı. Butterfly. Hatırladın mı? Bak, kenarına "E" harfi kazılı."

Lise zamanları... Teneffüs zilinin kulaklarımızı tırmalayan sesi başkaları için dersin bitmesi, Sinan'la benim içinse pinpon maçımızın başlaması demekti. İkimiz de lise pinpon takımındaydık. Diyeceksiniz ki yapacak başka spor mu bulamadınız. Bazen böyle oluyor işte. Farklı bir şey, hiç ummadık yerde ve ummadık zamanda iki insanı birbirine yaklaştırıyor. Pinpon maçı yapacağız derken kaç kere servisi kaçırmışlığımız bile vardır.

"Bu raketi kaybettiğimi düşünüyordum. Bilmiyordum sende kaldığını."

"Bende kalmadı. Senden çaldım."

"Liseden beri pinpon oynamadım. Unutmuşumdur kesin."

"O zaman, ısınmaya başlayalım. Benim bildiğim Efsun hemen maç havasına girer."

Sinan, üzerindeki ince yağmurluğu çıkarınca kaslı kolları beliriverdi. Kalemle çizilmiş gibiydi. Çocuğun her şeyinde ölçülü bir zarafet vardı. Konuşmasında, tavırlarında, yakışıklılığında, kaslarında...

"Efsun, korkuyor musun yoksa?"

Yok ya, kaslarına gözüm takıldı.

"Senden mi? Güldürme beni! İyi olan kazansın."

Ve Sinan'la yaklaşık dört saat, ara vermeden pinpon oynadık. Ben ilk başta birkaç seti kaybettim fakat durumu toparladım. Dört saatin sonunda sırılsıklam bir haldeydik. Son sette, minik beyaz topumuz, pinpon masasının sağ tarafındaki tilt makinasının oraya doğru sekti. İkimiz de heyecanla topa doğru koştuk ve tilt makinasının altından topu almaya çalışırken kafa kafaya tokuştuk.

"Ahhh!!"

"Efsun, sen niye koşturuyorsun, görmüyor musun ben alıyordum."

"Cevap veremeyeceğim, şu anda beyin sarsıntısı geçiriyorum galiba."

"Ne sert kafan varmış, benim de canım acıdı."

"Sen kendine bak, taş kafa!"

"Şaka şaka. Bakayım, canın acıdı mı çok?"

Saatler gece yarısını gösteriyordu. Balat'ta kapı numarası olmayan bir hangardaydık. Mekandaki tek ışık, pinpon masasının üzerinde yanan sarımtırak lambaydı. Ve Sinan'la tilt makinasının dayandığı duvara sırtımızı yaslamış bir şekilde yan yana oturuyorduk. Sinan'ın sağ eli, benim başımı ovuyordu.

"Daha iyi misin?"

"İyiyim Sinan. Ben paslanmışım galiba. Bu kadar yıl sonra ilk defa pinpon raketini elime alıyorum."

Sinan'ın başımı ovan sağ eli, yanağıma doğru indi. Benden yana bakmıyordu. İyi ki de bakmıyordu. Gözlerim onunkilerle çarpışmaktan korkuyordu.

Alev alev yanıyorum
Buzlarım çözülüyor aşka
Gardım düşüyor, tutamıyorum
Korkuyorum bakışların çarpınca bana

Sinan'ın yumuşacık sağ eli, yanağımdan boynuma doğru kayıyordu. O sağ el benim boynumu okşadıkça eriyordum. Ne sağ elmiş be... Kafamın içinde bir ses *bu anı sakın unutma* diye fısıldıyordu. Bu anlardan kaç tane yaşıyoruz ki hayatımızda?

"Böyle saatlerce durabilirim Efsun."

İçimde karnımdan ağzıma doğru canımı acıtarak ilerleyen bir kirpi vardı. Kafamı çevirip Sinan'ın dudaklarına benimkileri yapıştırmamak için zor tutuyorum kendimi. Milyonlarca cümle geçiyordu kafamdan. İçlerinden en doğru olanını söylemem gerekiyor. Ve ağzımdan çıka çıka şu cümle çıkıyor:

"Cuma akşamı düğüne geliyorsun, değil mi?"

Alışmamış kıçta don durmaz. Romantizm bende buraya kadar. Bu saçma sorumun arkasında yatan sebebi dönüş yolunda Sinan'ın yanında kös kös otururken düşündüm ve buldum. Bana iyi davranılmasına alışkın değildim. Sanki hayatımda güzel giden bir şey olamaz, olsa bile gerçek olamaz diye düşünüyordum. Sinan'ın arabası apartman kapımızın önünde zınk diye durduğu zaman siber uzaydan dünyaya döndüm.

"Cuma görüşürüz Efsun. Zevkli maçtı, teşekkür ederim."

"Ben teşekkür ederim. Yanımdaki sandalyeyi sana ayıracağım."

XII

NEY ÇALINMAZ, ÜFLENİR.

"Ruhum bir ağaç kurdu gibi beni kemirmekten başka ne yapıyordu"

Filmin adı : MUTLULUK ❤
Süresi : ÖMÜR BOYU ❤
Başrollerde : MERVE & MURAT ❤
Bilet Ücreti : SADECE ALKIŞ ☺

Elimdeki çift taraflı düğün davetiyesinin ön yüzünde bunlar yazıyor. Davetiyenin arkasını çeviriyorum.

Gereği düşünüldü. Merve ve Murat, birbirine karşı mutluluk suçunu ifa etmiş olduklarından, Medeni Kanun'un 4721. Maddesi'ne göre evlilik cezasına çarptırılmışlardır. Sizleri de aralarında görürlerse suçları ömür boyu mutluluğa dönüşecektir.

Sinema esprisi fikri Sidikli Merve'den gelmiş. Mahkeme esprisi ise Murat'tan. Misafirleri kapıda karşılayıp masamıza oturduğumuzdan beri elimde tuttuğum bu düğün davetiyesinin bir ön, bir arka tarafını okumaktan kendimi alamıyorum. Davetiyeye pozitif yaklaşırsam, Merve ve Murat'ın birbirleri için yaratılmış olduklarını söyleyebilirim. Bir çiftin espri anlayışı bu kadar mı birbiriyle örtüşür? Bravo salaklar, bir yastıkta kocayın.

Bu arada hayır, Sinan henüz gelmedi. Sanırım Sinan Bey henüz teşrif etmediği için, annemler dingilin tekini yanıma oturttu. Murat'ın kuzeni miymiş, neymiş. Çocuk benimle muhabbet etmeye çalışırken neden bilmiyorum ama konuyu hobilere, oradan da ney çalmaya getirdi. "Sen ney mi çalıyorsun?" diye sorduğumda, "Ney çalınmaz, üflenir" diye suratıma çemkirdi.

Kravatını bademciğine kadar bağlamış, ciddi bir vakayla yan yanayım. Adını iki kere soyadıyla birlikte tekrarladı ama hafızam her seferinde bir öncekinden daha hızlı sildi.

Şarap kadehimi ben sola koyuyorum, o benim kadehime uzanıp tabağımın sağına çekiyor. Üstelik bunu konuşmamız esnasında yapıyor. Ben solağım ve o kadehin solumda durmasını istiyorum. Sana ne?

Tabakların üzerine bıraktıkları menülerde yazan yemekler hakkında yorum yapıyor şimdi de. Sanırsın Vedat Milor. Yok böreğin içine mantar koymuşlar ama mantarlı börek o pancar sosuyla gitmezmiş, yok Türkiye'de eti orta pişirmeyi beceren hiçbir yer görmemiş, falan filan.

Bir de konuşurken devamlı İngilizce kelimeler kullanıyor. Dayanamadım sordum sen Amerika'da mı doğdun diye. Sadece bir yıl İngiltere'de yüksek lisans yapmış. Sanırsın beş yaşından beri orada yaşıyor. Ne demek istediğini kendi dilinde anlatamayacak kadar da mı hakim değilsin ana diline? Adam –de'yi –da'yı ayrı yazmayı bilmez bir de İngilizcem süper diye ahkam keser.

Ya sabır.

Bir yandan bunu dinlermiş gibi yapıyorum diğer yandan da kafamdaki tacın düşmemesi için gayret gösteriyorum. Merve'nin gelin başı için kaynanasının sosyete kuaförüne gittiğimizde Merve tutturdu bütün kızlar çiçekten taç taksın diye. Kuaför, sokakta satılan o dandik plastik papatya taçların bir benzerini tüm kızların kafasına geçirirken bana, "Hayatım, sana normal taç takalım, boyun daha uzun görünür" dedi. Onu da tam sabitleyemedi zaten, kayıp duruyor kafamdan.

Yanımdaki susmayacak. İşini anlatmaya başladı. Kim bilir ne kadar hareketli bir işi vardır bu gökkuşağının yedi rengini taşıyan insanın. Bankacıymış. Ay ne eğlenceli. Neylere üfleyen çocuktan o kadar sıkıldım ki normal şartlarda kesinlikle yapmayacağım şeyleri yapmak geçiyor aklımdan. Örneğin, kendimi piste atmak. Evet, kendimi piste davet etmek istiyorum. Zaten ne kadar medeni müzik var, herkes put gibi yerinde oturur, ne zaman ki göbek havası başlar, millet kravatı kafaya bağlayıp piste koşar.

"Bu dansı bana bahşeder misiniz hanımefendi?"

Şık bir takım elbise giymiş, yaşı 75 civarında bir amca. Ay, ne şeker!

"Elbette."

Amca elimden tutarak gayet nazik bir biçimde beni piste götürüyor. Bakın benim dedem de yaşasaydı bu yaşlarda olacaktı. Bu devrin insanları bir başka...

Amcayla dans etmeye başlıyoruz. Pistte bir biz, bir de birbirine yapışık dans eden kafalarında pembe ponponlu taçlarıyla dokuz yaşında iki kız çocuğu var. Yani üçümüzün de tacı var. Kız kıza dayanışmanın yaşandığı nadir anlardan biri.

Amcayla birbirimizi tanıma fırsatı bulamadan ve şarkının ortasına bile gelemeden arkamdan tiz bir kadın sesi yükseliyor.

"FEHMİ!"

Dansımıza ara veriyoruz. Kafamı arkaya çevirmeye çalışıyorum. Amcanın eli belimde, istifini bozmadan cevap veriyor.

"Ne var Nimet?"

Ferhat ile Şirin. Leyla ile Mecnun. Fehmi ile Nimet. Bir yerden çıkaracağım ama...

"Utanmıyor musun 25'lik şırfıntını bu düğüne getirmeye?"

Anneannemin nesi olduğunu bulamadığımız Nimet bu! Öbürü de onu boşayıp 25'lik bir kız alan Fehmi. Yanılmıyorsam bu tablodaki şırfıntı da ben oluyorum. En azından Nimet beni 25 yaşında sandı diye sevinsem abes mi kaçar?

"Nimetciğim, şırfıntı derken Bengisu'dan söz ediyorsun sanırım. Lütfen kelimelerini düzgün seç."

Fehmi, döneminin kendisine verdiği yetkiye dayanarak kibarlığı elden bırakmıyor ama Nimet öfkesini salmış çayıra Mevla'm kayıra.

"Başlatma şimdi Bengisu mu gaz mı ne haltsa! Hemen şu an terk ediyorsun bu düğünü."

Etrafımızdaki insan çemberi giderek genişliyor. Millet beni şırfıntı Bengisu sanacak gerçekten. Acilen müdahale ediyorum olaya.

"Nimet Hanım, bir yanlış anlama oldu sanırım."

"Ne yanlış anlaması? Deden yaşındaki adamın

koynuna girmeye utanmıyor musun sen?"

Nimet, o nasıl konuşma öyle?!

Bizimkiler masa düzeni için kavga ederken haklıymış. Bu kadarını beklemiyordum.

"Ben Gönül'ün kızıyım. Peyker Hanım anneannem olur. Adım Efsun. Bengisu değilim ben."

Nimet bir anda tavır değiştiriveriyor. "Ah güzelim, söyleseydin ya!"

E fırsat mı bıraktın kadın?

Nimet bir özür bile dilemeden çekip gidiyor yanımızdan. Fehmi de ortadan sıvışmış. Kalabalık da benim bir şırfıntı olmadığımı öğrendiğine göre bana da neylere üfleyen çocuğun yanındaki sandalyeye dönmek kalıyor.

Yerime döndüğümde görüyorum ki benim neyzen, Alara'ya sarmış. Geçmiş olsun, bizim kız ağzının payını verir bu düdüğe.

Sinan nerde kaldı? Nikah neredeyse başlayacak.

O an omzuma bir el dokunuyor.

Ve aklıma daha önce yaşadığım bir an geliyor.

Taksim'de "Karanlıkta Yemek" isimli bir mekân var. Bizim ofisten Zeynep'le gitmiştik. Zifiri karanlıkta yemek yediğiniz iki saatlik sürede görme duyunuzu kullanamıyorsunuz. Yemek süresince size servis yapan herkes görme engelli. İçeriye girdiğiniz ilk yarım saatte karanlığa alışmaya çalışıyorsunuz. Sonrasındaysa ister istemez diğer duyularınız harekete geçmeye başlıyor.

Eşi benzeri olmayan bir deneyimdi. Fakat itiraf etmeliyim ki yemeğin son yarım saatine geldiğimizde (saatim olmadığı için tahminde bulunmuştum) istediğim tek şey, oradan çıkıp bir an önce aydınlığa kavuşmaktı. Yemek salonunun hangi noktasında oturduğumla ve kapının nerede olduğuyla ilgili hiçbir fikrim yoktu. Biri yanıma gelsin diye dua etmeye başlamıştım. Boğulacak gibi bir yalnızlık hissettiğimi hatırlıyorum.

Derken omzuma bir el dokundu ve kulağıma fısıldadı: "Korkmayın, buradayım."

Bize servis yapan arkadaş... O ana kadar omzuma dokunan hiçbir el ve kulağıma fısıldanan hiçbir söz bu kadar güven vermemişti.

Şimdi omzuma dokunan bu el de bana aynı duyguyu hissettiriyor. Bu elin Sinan'ın eli olduğunu daha işaret parmağı omzuma dokununca anladım. Bizim meşhur sağ el.

Bazı şeyleri görmenize gerek yoktur ya. En güzel şeyler onlar bence.

Her şeyi berbat etmekten deli gibi korkuyorum.

Zaten küçüklüğümden beri saadeti israf etmekten korkar, bir kısmını ilerisi için saklamak isterdim.

Kürk Mantolu Madonna'daki Raif Bey'in repliği bu. Kafamı sola çeviriyorum. Neylere üfleyen çocuğun yerinde Sabahattin Ali oturuyor.

"Kuzum, siz değil misiniz porselen yemek takımlarını misafire sakladığı için annenize kızan?"

"Evet."

"Saadeti saklamak niye?"

"Yıllar sonra çocuklarıma gösterecek bir saadetim olsun diye. Yirmi üç yaşındaki kuzenim bile evleniyorken ben halen tek başıma kürek çekmeye çalışıyorsam artık

farklı bir tavır takınmam gerektiği gün gibi ortada."

"Ben sizin yerinizde olsam omuzuma dokunan elin bana yaşattığı saadetin tadını çıkarırdım."

"Ben de aynı şeyi söylüyorum. O saadete ulaşmak için tüm bu çabam. Şimdi izninizle ilgilenmem gereken bir Sinan var."

Tecrübelerim, hayatın üç buçukla dört arasında geçtiğini gösterdi. Ya üç buçuk atıyorsun ya da dört dörtlük yaşıyorsun. Bundan böyle dört dörtlük alayım lütfen.

Sinan'ın eli halen omzumda. Bu anı daha uzun yaşamak istiyorum. O da bunu istiyor ki tam kafamı çevireceğim anda elini omuzuma daha sıkı bastırarak hareket etmemi istemediğini belirtiyor. Nefesi sol kulağıma doğru yaklaşmaya başlıyor. Dudağı kulağıma değmek üzere.

"Çok hoş olmuşsunuz."

Ölürüm sana.

Kalbim hangi ritimle attığını şaşırdı. Allak bullak bir halde göğsümün sol tarafında çırpınıyor.

"Teşekkürler beyefendi."

"Yanınız boş mu hanımefendi?"

"Buyurun lütfen."

Allah'ım ne kadar özlemişim. Oysaki Salıdan Cumaya sadece iki gün geçti.

"Özür dilerim, biraz geç kaldım. Nikah başlamadı daha değil mi?"

"Yok, birazdan gelecekler. Önemli değil geç kalman. Geldin ya..."

Hop. Kızım. Toparlan. Kalp misin nesin, sen de geç bakayım yerine!

"Çok şaşırdım anneannen beni düğüne çağırınca."

Niçin? Aklının köşesinden bile geçmiyor değil mi evlilik düşüncesi? Sen gönül eğlendir ya benimle. Kullan beni. Oyna duygularımla!

"Niye şaşırdın ki? Çok mu anormal bir şey beraber bir düğüne gitmemiz?"

"Ondan değil. Niye sen çağırmadın diye..."

Böyle de morarırsın Efsun. Fesatsın işte.

"Ben çağıracaktım da, Peyker Hanım önce davranmış. Neyse, geldin ya..."

İyi insan lafının üstüne... Anneannem, Türesin'in elinden tutmuş, birlikte nefes nefese bizim masaya doğru geliyorlar.

"Efsun, Üresin Teyzen kayboldu."

Kayıp Çocuklar Büro Amirliği'ne gidin. Ben ne yapayım? Tam da bundan korkuyordum. Sinan'ın ailemin bu kadar içine girmesi çok talihsiz oldu. İşin yoksa anlat çocuğa insanın teyzesi nasıl kaybolur diye.

"En son nerede görmüşler anneanne?"

"Gelin odasına girip damadı öpmeye çalışmış. Murat bizimkini yapmayın etmeyin diye hafiften ittirince, çocuğun saçına bir şey yapıştırıp o hengâmede ortadan kaybolmuş. Çıkaramıyorlar saçından yarım saattir."

Aha. Kaybolan ağda.

Sinan bir anneanneme bir bana bakıyor.

"Sinancığım, özetle Üresin, kendini gelin sanmış." diye bir açıklama yapıyorum.

"Çünkü?..."

"Çünkü hafıza kaybı başladı Üresin'le Türesin'de. Tedavi görüyorlar ama çok da yapacak bir şey yok. Malum, yaşlılık..."

Sinan, 'Üresin yanımızda, dikkatli konuş' der gibi bir kaş-göz işareti yapıyor bana. He heeeyy... Üresin de şu an itibariyle kendini damat sanmıyorsa ben de neyim.

"Ben de diyorum niye geç kaldılar aşağı inmek için..."

"E kızım sen de biraz ilgilen kuzeninle. Aferin ama, kocaman yazmışsın gelin ayakkabısının altına adını."

Ben bir şey yazmadım ki. Sinan bana bakıyor. "Efsun, sen inanıyor musun öyle şeylere?"

"Aaa inanmaz mı? Merve'yi istemeye geldiklerinde nişan kurdelesinin neredeyse yarısını yuttu bir bardak suyla. Ne de olsa artık evlilik için kaybedecek vakti yok Efsun'un. Baksana, kendisinden kaç yaş küçük kuzeni bile evleniyor."

Anneannemin ağzını koli bandıyla bantlayıp "Al sana şu kadar para, bunu yok et" deyip Müge Anlı'ya teslim edeceğim.

Sinan, yavrum, şaşkın... "Nişan kurdelesini yutmak ne demek Efsun?"

Sen beni bir de gelin duvağındaki telleri yerken gör.

"Şans getirsin diye Sinancığım. Yavrum, sen de daha ne kadar bekar gezeceksin böyle?"

Hayır anneanne. Lütfen. Hayır.

"Bilmem ki Peyker Teyzeciğim, hiç düşünmedim..."

"Şimdi düşünmezsin tabii... Ama zaman geçiyor. Senin de bir yuva kurma vaktin geldi. Hem Efsun..."

"Aaa bakın geliyor bizimkiler!"

Durumum, toparlanabilmekten çok uzak bir noktada. Biliyorum. Yine de şansımı denediğim bu esnada merdivenlerden inmeye hazırlanan gelin ve damada teşekkür ederim. Yan gözle Sinan'a bakıyorum, yüzü allak bullak... Merve ve Murat'a döndürüyorum bakışlarımı. Köşkün merdivenlerinin başında duruyorlar. Merve'nin suratında tuhaf bir ifade var.

Düğün şarkısı çalmaya başlıyor. *I Found My Love in Portofino*... Ne kadar orijinal bir seçim. Portofino hangi ülkede Merve biliyor mu acaba.

Bir de sanki bu karede bir şey eksik... E Merve gelinliğinin içine tarlatan giymemiş. Pörsümüş lale gibi duruyor merdivenlerin başında!

Nur teyzem durumu fark edip merdivenlere doğru ilerliyor. Merve ve Murat'ın önüne dikiliyor. Yahu düğün başladı, tüm kameralar kayıtta. Merve, Murat ve Nur teyzem merdivenlerden gerisingeriye hızla yukarı çıkıyor. Davetliler şaşkın. Müzik durdu.

"Efsun, bir şey mi oldu? Neden gelmiyorlar?"

"Sinan, izninle ben bir bakayım şunlara. Geleceğim hemen."

Hızlı adımlarla gelin odasına doğru ilerliyorum. Arkamdan annem, kardeşlerim ve Türesin geliyor. O ne? Üresin de ortaya çıkmış, o da bizimkileri takip ediyor.

Odaya giriyorum. Merve ağlıyor. Nefes nefese soruyorum. "Merve, ne oldu?"

Nur teyzem sinirden kıpkırmızı kesilmiş. Merve'nin yerine cevap veriyor. "Gelinliğinin içine tarlatanı giymeyi unutmuş benim akıllı kızım."

Tarlatan dediğin şey (ne demek olduğunu bu düğün sayesinde öğrendim) böyle kabile kulübesi gibi bir yapı. İçinde üç kişilik aile rahat yaşar. İnsan gelinliğinin içine o koca şeyi giymeyi nasıl unutur?

"Bana evlilik sözleşmesi yapmayı nasıl teklif edersin Murat!"

Sessuzluk.

Merve bu cümleyi haykırıp kafasındaki duvağı fırlatıyor. 183 tokayla sabitlenmiş duvağı. 183 toka diyorum.

Ailemin kadınları kısmi felç geçirirken Murat yavrum, odanın bir köşesine siniyor.

Nereden çıktı ki bu evlilik sözleşmesi? Evliliğin kendisi bir sözleşme değil mi zaten? Sen zaten bunu imzalıyorsan evlilik sözleşmesi konusunu da çok büyütmemek gerekir. Adamı ne diye alıyorsun, sonunda ne çıkıyor. "Yatağımdaki Düşman", "Güllerin Savaşı" diye filmler yapılmış. Boşuna değil. Tabii sözleşmenin içeriğine de bağlı ama çok da büyütmemek gerek bence.

"Siz benim kızımın onuruyla, haysiyetiyle dalga mı geçiyorsunuz?" Nur teyzem ellerini yumruk yapıp beline yaslıyor.

Kapıya yakın bir noktaya doğru ilerlemeye çalışıyorum. O sırada fotoğrafçı kapıyı tıklatıp "Ne zaman başlıyoruz?" diye soruyor. Nur teyzem ateş saçan gözlerle fotoğrafçıya bakıyor.

"Başlamıyoruz."

Başlamıyor muyuz? Ölüyordunuz bu kızı bu çocukla evlendirmek için. Şimdi ne oldu? Bir evlilik sözleşmesiyle ne değişti?

"Murat, niçin bizim böyle bir şeyden haberimiz yok?"

Murat ya son nefesini verirken bu sorunun cevabını verecek ya da cevap veremeden ölecek. "Nur teyzeciğim, evlilik sözleşmesi falan yok ortada."

"Bak on dakika sonra evleneceksiniz bana hâlâ teyze diyorsun, bir anne dediğini duyamadım şimdiye kadar!"

Nur teyzem toplu sinir boşalımı gerçekleşmek üzere. Lütfen kabindeki yerlerinizi alınız.

"Sen benim kızıma 'boşanınca malları sana kaptırmayacağım' mı diyorsun yani? Siz bizim aileyi tanıyamadınız mı? Parada pulda gözümüz yok bizim!"

Bir de mısır patlatsak, şu an tadından yenmez. Nur teyzemin sözleri bana bile gerçekçi geldi. Tanımasam inanırım. O kadar içten konuşuyor.

"Hayır Nur teyzeciğim, bir dinleyin lütfen..."

"Bak hâlâ teyze diyor!"

Annem araya girip teyzemi sakinleştirmeye çalışıyor. "Nurcuğum bir dur Allah aşkına. Murat bir anlatsın neymiş olayın aslı."

"Tam hazırlandık, aşağı ineceğiz, Merve sordu durup dururken evlilik sözleşmesine karşı mısın diye. Ben de karşı değilim, bazı durumlarda gerekli olabilir dedim. Bu kadar. Merve'ye böyle bir teklif yapar mıyım hiç?"

Merve gözyaşları içinde hırçın bir cevap vermeye hazırlanıyor. Hey canını sevdiğimin akmayan rimeli, bulaşmayan fondöteni, düşmeyen takma kirpiği...

"Ama karşı da değilmişsin. Çok kırdın kalbimi Murat!"

"Prensesim benim. Bizim aramızda öyle şeylerin lafı mı olur. İstersen yeni aldığımız evi de senin üzerine yapalım."

Bir dakika...

"Aşkım çok tatlısın."

Ve ev Merve'nin olur. YUH!

"Sil gözyaşlarını uğurböceğim, herkes bizi bekliyor."

Üzerine bir de öpücük. Karşılıklı yeminler ediliyor: Mal varlığım, mal varlığına armağan olsun.

Konu böylece tatlıya bağlanıyor. Ben şoktayım. Gelin odasından çıkıp merdivenlerden iniyorum. Sinan'ın yanındaki yerimi alıyorum.

"Ne olmuş Efsun?"

Sinan'a cevap vermeden önce gerçekten sıradaki soruyu sormak istiyorum. "Sen evlilik sözleşmesine karşı mısın?"

"Nereden çıktı şimdi bu?"

"Sordum işte."

"Hayır, değilim."

"Yani evlensen, yapar mıydın evlilik sözleşmesi?"

"Bilmiyorum, üzerine düşünmemiştim hiç."

"Sen bu evlilik konusunu bayağı bir düşünmüyorsun, değil mi?

"Sen niye bu kadar düşünüyorsun?"

Sanki midemde yaşayan okçu, beynime zınk diye bir ok fırlatıyor. Artık 'kan beynime sıçradı' mı dersiniz, özenti arkadaşlarımız 'nörvıs breyk davn' mı der, bilemem...

"Ben koca mı arıyorum yani?"

"Hayır Efsun, onu demek istemiyorum ama iki lafından biri evlilik. Devamlı bir mesaj vermeye çalışıyorsun gibi geliyor."

"Rahatsız ettim yani."

"Rahatsız etsen şu an burada olmazdım. Ama diğer kızlar gibi lafı evirip çevirip evlilik konusuna getirmeni seninle bağdaştıramıyorum."

"Niçin? Ölene kadar bekar, yalnız ve çocuksuz kalacak bir imaj mı çiziyorum sana? Ayrıca ben evlilikle ilgili falan konuşmuyorum. Seni tanımak için sorular soruyorum. Sen bu şekilde algılıyorsan bir daha hiç konuşmam."

"Peki, ben öyle algıladım. Asma suratını lütfen."

Biraz süt, biraz muz, üzerine de biraz Türk kızı tribini miksere koyup güzelce karıştırdıktan sonra içime hazırdır.

"Kalbim çok kırıldı. Neyse, geliyor bizimkiler."

Dozajımı ayarlayamadım mı acaba yine? Mümkün.

Nikah memuru şimdi de Murat'a Merve'yi eş olarak kabul edip etmediğini sordu.

"Evet, ediyorum!"

Murat da evet dedi. Evlendiler. Tüm tantana bunun içindi yani.

Mutluluk fotoğrafları çektiriyorlar. Masa masa dolaşmaya başlıyorlar. Sinan'la hâlâ iki çift laf konuşmadık. İçim çok huzursuz. Genç çift bizim masamıza geliyor, bizi öpüyor. Dördümüz fotoğraf çektirmek üzere yerlerimizi almaya çalışırken Merve kulağıma fısıldıyor.

"Murat, evi benim üzerime yapacak."

Gülüyorum. Ya başka ne yapacağım, bunlarla başa çıkmak mümkün mü?

Sinan tam arkamızdaymış. Duydu. Ve güldüğümü görüyor. Kafasını sallayarak Murat'ın yanına geçiyor. Çok utanıyorum. Ben o anlamda gülmemiştim ama bu kadar muhabbetin üzerine başka ne anlayacak çocuk?

Annem yanıma yaklaşıyor. Dudaklarındaki gülümsemeyi bozmadan yarım kapalı ağız konuşuyor.

"Biraz neşeli ol. Asma suratını. Git, öp akrabalarımızı. Millet ta İzmir'den geldi. Sinan'ın da içini karartmışsın belli."

Düğünün geri kalanının çok keyifli geçtiğini söyleyemeyeceğim. Sinan'la yavan bir sohbet ettik. Daha çok o bana o kim, bu kim diye sordu, ben de anlattım. Merve'nin kesesi ağzına kadar doldu, ikinci bir kese bulunamadığı için kumaş peçetelerden yararlandılar.

Sahneye gelen altı katlı pastayı takiben "Bütün kızlar toplandık, toplandık, toplandık!" şarkısı çalmaya başladı ve Merve eline mikrofonu alıp "Eveett, bütün bekar kızlar buraya! Bakalım gelin buketini kim tutacak?" diye bir anons yaptı.

Sonuna geliyoruz düğünün.

"Haydi, buketi yakalamaya git." Anneannem tepemde. Sinan yanımda. Ne yapmalı?

Sinan sanki gözleriyle gitme diyor. Yerimden kalkıyorum.

"Sinan, haydi gelsene beraber gidelim. Benim buketle falan işim olmaz. Milleti seyredip güleriz."

Bu Sinan'ın hoşuna gidiyor. "Haydi gidelim."

Merve sahneye çıkıp pisttekilere arkasını dönmüş. Uzunlu kısalı, irili ufaklı bütün bekar kızlar pistte. Bütün dediysem toplamda on kişi anca var.

Yine de bekar kalanları bir arada görmek iyi geliyor insana.

Şarkı başlıyor. Herkesin gözü pür dikkat gelinin elindeki bukette. Merve tam atacakmış gibi yapıyor, kızlar heyecanlanıyor ama sonra arkasına dönüp patlatıveriyor kahkahayı.

"Şaraplarımızı getireyim, hem çok oturduk. Alıp geliyorum hemen."

"Tamam, ben buradayım Sinan."

Sinan gitti. Gözüm bukete sabitleniyor. Ya ben

yakalarsam? Şuradaki kızların hepsinden daha çok hak ediyorum ben o çiçeği.

Merve'nin çiçek buketini havaya atmasıyla birlikte kendime engel olamaz bir şekilde adımlarım piste doğru pergel gibi açılıyor. Sanki bir el beni arkamdan her seferinde daha kuvvetli itekliyor piste doğru. Çiçek havada üç salto atıyor. Önüme çıkan kızları tüm gücümle ittirip ben de havalanıyorum. Ayaklarım yere basmıyor şu anda. Ve buketi tek elimle sıkıca yakalıyorum.

BEN KAPTIM GELİN BUKETİNİİİİ!!!! HEPİNİZDEN ÖNCE EVLENİCEEMM!!

Bir kuş olsaydım, elimde buketimle bir süre daha havada asılı kalabilirdim. Ama sadece kuş beyinli olduğum için kendimi yüzüstü yerde buluyorum. Bir elimde buket, diğer elim birinin ayakkabısının üzerinde, 1.60 betondayım. Bu ayakkabıyı hatırlıyorum.

Elimdeki buketi bırakmadan yerden güç alıp kafamı yukarıya kaldırıyorum. Ağaçlarda asılı olan Japon fenerlerinin önünde ağır çekim netleşen siluetiyle Sinan'ı görüyorum. Niçin kalkmama yardım etmiyor? O an Sinan'ın gözlerinde gördüğüm duygunun adının hayal kırıklığı olduğunu sonradan aklım başıma gelince anlayacağım. Fakat şu anda bana yönelttiği bu dik dik bakışlara bir anlam veremiyorum.

Sinan bir anda arkasını dönüp yürümeye başlıyor. Kafamdan sonra vücudumu da yerden kaldırıyorum. Herkesin gözü bende. Kimse benden böyle bir çıkış (ya da düşüş) beklemiyordu.

Müzik durmuş. Merve'nin ağzı bir karış açık. Neylere üfleyen çocuk da bana bakakalmış, sanki "Ben sana ney çalınmaz, üflenir" demedim mi diyor.

Canım fiziksel olarak acıyor ama şu anda acıdan etkilenmemeyi seçebiliyorum. İlginç. Bunların hiçbiri zerre kadar umurumda değil. Eteklerimi tek elimle toplayıp Sinan'ın arkasından yürümeye başlıyorum. Bakıyorum ki onun durmaya niyeti yok, köşkün çıkışında diyaframımdan nefes alıp Sinan'ın arkasından bağırıyorum.

"Sinan!"

Önce arkası dönük bir şekilde olduğu yere sabitleniyor. Sonra yavaşça bedenini bana çeviriyor. Yanıma gelmemekte kararlı. O zaman ben giderim yanına.

"Ne oldu?"

"Ben de onu sormak istiyorum. Ne oldu Efsun?"

"Neye ne oldu?"

"Sana."

"Hiçbir şey olmadı."

Elimde sımsıkı tuttuğum gelin buketine kısa bir bakış atıp tekrar bana odaklanıyor.

"Hiçbirimiz bu kadar yıl içinde değişmediğimizi söyleyemeyiz. Ama senin bu kadar değişeceğini asla tahmin edemezdim."

Bu konuşmanın başlamasını istemiyorum. Bundan on dakika öncesine ışınlansak hep beraber... Bir hata yaparken insanın içini en çok acıtan şey o esnada hata yaptığının farkında olmasıymış.

"Efsun, herkes o kadar aynı ki... Bu yapmacık insanlardan o kadar sıkıldım ki... Seninle olmak istedim, fark edemedin mi bunu? Lise zamanında bile sen farklıydın diğerlerinden. İçinde bir saflık vardı."

Sinan'ın söyledikleri vücudumun rasgele yerlerini küçük küçük kesip kanatmaya başlıyor. İlk kesik, tam ensemde... İkincisi sağ ayak bileğimde...

"Hâlâ var Sinan."

"Ben sana bir şey diyeyim mi? Hiçbir şey kalmamış senin içinde. Neredeyse bir aydır görüşüyoruz. Her seferinde daha gergin geliyorsun yanıma. Evlilik konusunda yaptığın imalardan başka bir şey hatırlamıyorum ne konuştuğumuza dair. Benden kaynaklı mı diye düşündüm ama kendimde bir hata bulamadım. Varsa bir hatam söyle lütfen."

Buketi sıkmaktan, çiçeklerin dallarını saran tülün minik yuvarlaklarının parmaklarıma geçtiğini hissediyorum. Söyleyecek hiçbir şeyim yok.

"Sen bambaşka bir kafadasın Efsun. Belli ki başka arayışların var. O her neyse, her kimse, sana bu arayışında mutluluklar diliyorum."

Bu son söyledikleri çok uzaktan, boğuk bir şekilde geliyor kulağıma. O konuşurken ellerine bakıyorum. Dudaklarına, boynuna... Bir daha ona dokunamayacak mıyım?

"Gidiyorum ben Efsun."

Dediklerinin bir kelimesi bile yalan değil. Ben, koca arayan histerik bir kıza dönüştüm. Hem de bilerek ve isteyerek. Ağlayamıyorum. Boğazımdaki yumruk, nefes borumu tıkıyor. Sinan, köşkün kapısından çıkınca sola dönüyor. En büyük korkum, onun hakkında bildiğim en son şeyin bu kapıdan çıkınca sola dönmüş olması.

Parmaklarımı gevşetiyorum. Buket pat diye elimden düşüyor.

Beynim durdu. Hangi filozof etmişti şu lafı?

"Ey aşk! Güzel ve kısasın."

XIII

BİRAZ KÜL, BİRAZ DUMAN... O BENİM İŞTE.

"Anlaşamayacağımızı anlarsak veda eder ayrılırız. Bu o kadar mühim bir felaket mi?"

"Maria Puder'le tanışmadan evvelki boş, gayesiz, maksatsız günler, eskisinden daha çok ıstırap verici bir halde yeniden başlamıştı. Arada bir fark vardı; hayatın bundan ibaret olduğunu zannettiren bilgisizliğimin yerini şimdi dünyada başka türlü de yaşanabileceğini bir kere öğrenmiş olmanın azabı tutuyordu."

Son üç gündür ruhsal durumumu nasıl tarif edebilirim diye düşünüyorum. Şok, inkâr, acı, huzursuzluk, tansiyon düşmesi, kaybolmuşluk, belirsizlik, hırs, eskiye dönme umudu, çaresizlik, yorgunluk, içine doğru erimek...

Her şeyi sadece bir kelimeyle anlat derseniz şöyle diyebilirim: *durdum*. Benim durmamla birlikte çevremdeki her şey durdu. Zaman geçmek bilmedi değil, zaman da durdu. Beraberce duruştuk. Her şeyin farklı olabilme ihtimalini kendi ellerimle ortadan kaldırdığımı söyleyebilirim. Her şeyin farklı olabilme ihtimali ne miydi? Şimdi biz kendimizi kimselere ağaçtan düşen dut gibi bırakmıyoruz, bir ayağımızı hep sağlamda tutuyoruz ya... Karşımızdakine kalbimizi "bir kazık da bundan yiyebilirim" diye açmıyoruz ya... Onunla yollarımızı ayırsak bile bize koymaz, geçmiş olsun der, hayatımıza aslanlar gibi devam ederiz ya... Bu kibrin özünde üzülmekten çok, mutlu olmaktan korkmamız saklı bence. Fakat bu ayrımın çok da farkında değiliz.

Annenizle, babanızla, cadı kız kardeşinizle veya çıkıntı abinizle hiddetle kavga edersiniz, kapıları çarparsınız, bir daha yüzlerini görmek istemezsiniz. Fakat bir süre sonra, onları yine aynı yoğunlukla sevmeye başladığınızı fark edersiniz. Çünkü onlara kalbinizi açmışsınızdır. Onların yanlarında olduğunuz gibi davranabilmeniz, o halinizle sevgi almanız ve sevgi vermeniz size belki de farkında olmadığınız gizli bir mutluluk vermiştir. Hepsinden önemlisi siz, bu mutluluğa alışmışsınızdır.

Şimdi söyleyin bana, ayrılınca üzülmemek için mi yoksa karşımızdakiyle aşırı mutlu olup eski (sözde huzurlu) hayatımızı tamamen kaybedeceğimiz için mi (herkese değil ama) o birine bağlanmaktan korkuyoruz? İşte tam da bu noktada diyorum, her şeyin farklı olabilme ihtimalini ortadan kaldırdım diye. Sinan'dan önce hayatıma giren bir erkeği kıskandım mı? Herhangi birisi hayatımdan çıktığı zaman bana böyle şeyler yazdırdı mı? Hayır, çarpı üç. O zaman diyebilirim ki Sinan'ı hepsinden farklı sevdim. E peki niye bu evlenme hallerine girip olmayacak bir Efsun yarattım?

Üç gündür sanki hamileymişim gibi karnımın orta yerinde bir ağırlık taşıyorum ve kendimi yeniden doğurmaya uğraşıyorum. Zor doğururum kendimi yeniden. O hayatıma girdiğinden beri takındığım saçma sapan hallerin gölgesinde gözden kaçırdığım şey, zaten on dört yıl önce mutluluk zehrini bünyeme bir kez sokmuş olmamdı. O zamanlar Sinan'la aramızda konuşulmayan bir aşk ve görünürde bir arkadaşlık olsa da ben kendimi her şeyimle ona vermiştim bile.

Sinan'ı ne kadar sevmiştim biliyor musunuz? Hiç abartmıyorum, kolu kopsa, kolumu ona verecek kadar. Hayatınızda kimi böyle sevdiniz? Bakın, kaç kişiyi demiyorum çünkü kolu kopsa kolunuzu vermeniz için karşınızdakinin de sizi çok mutlu etmiş, tamamlamış olması gerekiyor ki bu oldukça nadir yaşanan bir durum. Bunun adı sadece aşk değil. Aşk dediğinizde işin içine en zor zamanınızda yanınızda olmayanın peşinden sapık gibi koşmanız da giriyor. Oysaki kol nakli durumunda, hem en zor hem de en neşeli zamanınızda onun da sizin yanınızda olduğunu hatırlıyorsunuz.

"Postaneden mektuplar alınmaz. Cevap verilmez. Var zannedilen şeyler bir anda yok oluverirdi. Kim bilir hangi yeni macera, hangi yakın ve daha makul saadet şimdi ona kollarını açmış bulunuyordu."

Yok arkadaş, *Kürk Mantolu Madonna* bana bu aralar iyi gelmeyecek, belli. Üç gündür yatağımda uzanıp tavana bakıyorum. Biraz daha bakarsam tavan konuşmaya başlayacak diye tırsıyorum. Gerçi bu sabah saatler dördü gösterirken Sabahattin Ali ile durum değerlendirmesi yapıyorduk. Neyse oralara hiç girmeyeyim.

Yerimde doğrulup elimdeki kitabı komodinimin üzerine koyuyorum. Tabut gibi yatmaktan belim ağrımış. Üç gündür neredeyse aç dolaşıyorum diyebilirim. Bir şey yemem lazım ama bu dünyada öyle bir şey yok.

Yine sesleniyor bizimkiler. Sabahtan beri Efsun, Efsun... Ne yersin Efsun, ne pişirelim Efsun? Sanki siz pişirip ben de yiyince her şey değişecek, hayat bayram olacak.

Kapımı bir hışımla açmamla birlikte annem, anneannem ve Tuğçe üzerime yıkılıyor.

"Siz benim kapımı mı dinliyorsunuz?"

Annem panikte ama çaktırmamaya çalışıyor. "Kızım, kaç gündür odandan çıkmıyorsun. Arada bir kendi kendine konuşuyorsun. Endişelenmeye başladık."

Anneannem araya giriyor. "Yavrum, canın ne çekiyorsa pişirelim. Günlerdir ağzına tek bir lokma koymadın."

"Canım ne çekiyorsa pişirecek misiniz?"

"Evet!"

"Gerdan tatlısı pişirin o zaman!"

Annemin suratı bembeyaz... Ne de olsa evde et pişmesini salık verdim şu anda.

"Kuzu gerdanından yapılan tatlıyı mı diyorsun kızım? Sen kuzu yemezsin ki?"

"Ben de kendi halimde yaşayıp gidiyordum ama evlenebilmek için gelin buketini havada yakalayan bir tipe dönüştüm. Gördüğünüz üzere hayatta her şey biz insanlar için. Siz pişirin o kuzuyu, ev şöyle buram buram et koksun, o ruhu hissedeyim, o koku koltuklara falan sinsin, ben hepsini yiyeceğim söz!"

İntikam, sıcak yenen bir gerdan tatlısıdır. Aslında benim basiretimin bağlanması dışında kimsenin bir suçu yok. Onlar sadece benim ruhumdaki boşluklardan araya sızdı. Bu sızıntıya da ben geçit verdim.

Onların cevabını beklemeden kapıyorum kapımı. Bugün işten izin aldım ama yarın da gitmem mümkün olmayacak gibi görünüyor. Oturup bir film mi seyretsem? Allahım sığamıyorum odaya, delirmek üzereyim!

Rafımda dizili DVD'lerden rasgele birini seçiyorum. Fatih Akın'ın *Duvara Karşı* filmi geliveriyor elime. Ben bunun daha heyecanlı bir versiyonunu çektim üç gün önce: *Duvağa Karşı.*

Tecrübe edinmek iyi bir şey mi dersiniz? Her insandan bir ders alıyoruz ya, sonra o dersler karşımıza çıkan ve bizi ters köşeye yatırandan bize yol, su ve elektrik olarak geri dönebiliyor. Hele ki edinilen tecrübeyi erkek ve dişi olarak ikiye ayırırsak, kadın tecrübesinin çok daha fena bir şey olduğunu söyleyebilirim. Kadın, tecrübe edindikçe kalbini daha hızlı açıp hemen sonuç almak istiyor. Karşısına çıkan her erkeğe 'bu mu acaba' diye potansiyel gözüyle bakıyor ve beklenti çıtasını yükseltiyor. Bir ilişki yaşamaya başlayınca da sabır kotası dolduğu için 'haydi sonuca varalım hemen' durumuna geçiyor. Çünkü aynı zamanda kadının biyolojik saati de işliyor.

Uzun lafın kısası, akışına bırakma diye bir şey kalmıyor ortada. Doğallığını kaybediyor olay. Keşke diyorum, hayatıma Sinan'dan başka kimse girmeseydi ve mesele ille de evlenmekse onunla evlenseydim. Tecrübe edinmek bizi olgunlaştırıyor ama bir yandan da kalbimizi kirletiyor be...

Gözlerim akvaryum gibi... Sanırım odamdan çıkmanın vakti geldi.

Salona doğru yürürken portmantonun aynasında kendime bakıyorum. Göz altlarım torbalanmış. Betim benzim atmış. İnsanlıktan çıkmışım.

"Efsuncuğum, kızım haydi gel biraz yanımıza otur." Annem bunu söyleyip oturduğu kanepenin yan minderine eliyle pat pat vuruyor. "Kızım, haydi biraz konuş bizimle. İnsan konuştukça rahatlar, açılır. Dök içini."

Bütün kızlar toplandık. Gerçekten de biriyle konuşmaya ihtiyacım var. Sabahattin Ali'yle değil de kanlı canlı biriyle.

"İyiyim ben."

Hee. Çok iyiyim, maşallah.

"Yani, tabii şok olmadım değil..."

İşte, böyle başlayıp susmamacasına anlatıyorum üç gündür içimde biriktirdiklerimi. Ne çok şey varmış meğerse dışarıya atmam gereken. Konuşuyorum da konuşuyorum.

"Ben ölmek istiyorum. Sinansız yaşayamam."

Anneannem hiddetle bir sonra söyleyeceğim cümlenin önünü tıkıyor.

"Aaaaa ne biçim laf o öyle. Kızım, toparla kendini. Gençsin, güzelsin, sana başka Sinan mı yok?"

"Daha bir ay önce bu çocuğun son şansım olduğu söylüyordun anneanne."

"Ne son şansı ayol! O çocuk Efsun'uma kurban olsun!"

"Ne dediğiniz belli değil, aptal ettiniz beni yemin ederim. Siz değil miydiniz 'çocuğu evlenmeye ikna et' diye başımın etini yiyen? Ne geldiyse sizin yüzünüzden geldi başıma!"

Bu cinayeti birinci dereceden ben işledim ama onlar da azmettirdiler. Yalan değil.

Annem lafa giriyor. "Efsun, bu akşam Tuğçe ve Ceren'le dışarıda bir yerde yemek yiyin. Hem bir hava değişikliği olur kızım. Tamam mı?"

"Hiçbir yere çıkmak istemiyorum. Yatağıma gidip yatmak istiyorum. Odama kimse girmesin."

Akacak Tuğçe ve Ceren damarda durmadığı için akşam karga tulumba şeklinde soluğu Asmalı Mescit'te aldık. Çok tuhaf. O kadar hissizim ki... Evden buraya nasıl ve kaç dakikada geldik. Şu anda ağzıma attığım kavun tatlı mı kelek mi, hiçbir fikrim yok.

Garson masamıza geliyor. "Siz de rakı alır mısınız?"

"Alırım."

"Kaç buz atayım?"

Ne bileyim? Ne fark eder? Bana ne?

Tuğçe cevap veriyor benim yerime. "İki buz atın siz."

Garson masamızdan ayrılıyor ve Ceren soruyor. "Efsun, bir şekilde Sinan'ı geri kazanman lazım."

"Yapma ya? Bir şekilde kaybettik kendisini, neden acaba? O kadar salakça davrandım ki, Sinan bir daha benim yüzüme hayatta bakmaz!"

"Saçmalama. Sen tweet falan attın mı hiç? Face'de statünü güncelledin mi?"

"Tuğçe, siz beni katil mi edeceksiniz? Hâlâ Face diyorsun ya!"

"Sen şu rakını iç de Sinan'ın dikkatini çekecek birkaç mesaj yazalım."

"Ben çocuğun kendisine ulaşmaya çalışıyorum, sanal dünyasına değil."

Bu cümleyi etmemden tam olarak iki kadeh sonra cep telefonum elimde, kardeşlerim iki top dondurma gibi yanımda, Sinan'a gönderecek mesaj arayışına geçiyoruz.

"Doğrudan mesaj atsam olmaz mı? Seviyorum seni. Bir geri zekalı gibi davrandım. Özür dilerim falan desem?"

Ceren sinirleniyor.

"Efsun, önce bir nabız yoklayalım. Bakalım bir tepki verecek mi. Sosyal medya en verimli hangi alanda kullanılır? Birilerine laf çakma alanında!"

"Niye? Yüz yüze konuşamayacak kadar ezik mi bu millet?"

"Kızım sana söylüyorum, gelinim sen anla muhabbeti."

"Bana bir daha içinde gelin lafı geçen bir cümle kurmayın. Ayrıca daha ne tepki versin çocuk? Diyeceğini dedi işte."

"Sen şimdi Face'e şunu yazsana: *Kadın, hiç gitmeyecekmiş gibi sever ama yeri gelir hiç sevmemiş gibi gider.*"

Tuğçe ekliyor. "Twitter'a da şunu: *Sana kocaman bir boşluk bırakıyorum benden hatıra.*"

Fesuphanallah...

"Siz anlayamadınız galiba. Çocuğun dünyasında kanalizasyon atığı durumuna düşen benim. Beni bırakıp giden de o! Niye yazayım bunları?"

"Efsun, burnun düşse yerden almayacaksın. Gelecek o senin kapına sürünerek, bak göreceksin."

"Kızım, halüsinasyon mu görüyorsunuz? Ot mu

içiyorsunuz gizli gizli? Sinan, sizin o bildiğiniz salaklara benzemez."

Benzemez kimse Sinan'a. Ama içim ümit doluyor, belki gerçekten gelir diye...

Tam karşımızdaki meyhaneden bir şarkı yükselmeye başlıyor.

Kim bilir bu gidişin, dönüşü olacak mı?
Ahh nasıl yollarına bakacağım kim bilir?
Ufkumda bakan güneş, bu sabah doğacak mı?
Kalben ne kadar dertli olacağım kim bilir?

Kim bilir? Allah rızası için bilen varsa bilgi versin. Kibariye mi söylüyor bunu? Arabesk dinliyorum, gözlerim kapalı...

Kaç kadeh rakı içtiğimi hatırlamıyorum. Tuğçe'yle Ceren de yamuk yumuk oldu. Ampul gibi oturuyoruz masada. Bir dakika... Masamız değişmiş. Hatta mekanımız değişmiş. Karşı meyhaneye geçmişiz. Ne ara geçtik ki?

"Ehhhh başlarım len sosyal medyada laf çakmaya! Mesaj kaygım yok benim! Sinan'ı arayacağım!"

Dememle birlikte karşımda oturan Tuğçe ve Ceren elimdeki telefona yapışıyorlar. Ceren dengesini kaybetmemeye çalışarak gözlerini gözlerime dikiyor.

"Efsun, bak sabaha çok pişman olursun. Acısı ayılınca çıkar. Şu anda düzgün konuşamıyorsun bile."

"Esas bu kadar zamandır ettiğim lafların acısı çıkıyor şimdi. Daha kötü ne olabilir ki?"

Ceren telefonu elimden alıyor. Bunların karşısında küçücük bir kız gibi kalıyorum. "Bir mesaj atayım bari. Ne olur?"

"Söz ver aramayacağına."

"Yemin ederim aramayacağım."

Telefonu bana geri veriyor.

"Ne mesaj atsam? Şöyle damardan bir şey olmalı."

"Dur bir düşünelim."

"Omzuma Sinan dövmesi mi yaptırsam?"

"Ya saçmalama! Buluruz şimdi güzel bir mesaj."

"Ölmek istiyorum."

İkisi birden: "SUS!!!"

Tuğçe'nin aklına gelene bakın... "*Yeryüzünde biten her aşk için gökyüzünde bir melek ağlar.*"

"Eee, amacımız ne bunu söylemekle? Bilgi mi veriyoruz Sinan'a? Melek kesin ağlıyormuş, için rahat olsun mu diyoruz?"

"*Ben seni deli gibi sevdim, sen beni deliyim diye sevmedin.*"

"*Gözleriyle gözlerine göz koyanın, gözlerimle gözlerini oyarım. Gözlerini gözlerden sakın, gözlerin gözlerime lazım.*"

"*Kül olmuş ateş yanar mı? Buz tutmuş su akar mı? Bu gözler seni sevdi, başkasına bakar mı?*"

Ruh hastaları. Dolmuş şoförleri gibi atışıyorlar. Kardeşlerimden bu saatten sonra bir hayır gelmeyeceği net. Kendi işimi kendim göreceğim.

Telefonu elime alıyorum ve "Seni seviyorum. Özür dilerim" yazmam konusunda aklım, kalbimle hemfikir oluyor. Onlar hemfikir oluyor ama gözlerim ve parmaklarım özerk birer cumhuriyetmiş gibi diğer ikisinden ayrı hareket ediyor. Mesela S harfine basmak isterken G'ye basıyorum. Yazdığım bu saçma sapan şeyleri her seferinde siliyorum. Bakayım, sonunda oldu gibi. Nerede gönder tuşu? Heh, buldum. Tamam. Benim yazdığım mesaj, "*Buz tutmuş su akar mı*"dan her şekilde daha anlamlı.

"Haydi kızlar, kalkalım artık. Gerçi evin yolunu hangimiz bulacağız bilemiyorum."

Zar zor toparlanıp muhtemelen gelen hesabın iki katı kadar bir para bırakıp evin yolunu tutuyoruz.

O kadar içtim, acım hâlâ hafiflemedi. Pes.

Apartmana geldiğimizde merdivenlerden birbirimizin üzerine yuvarlandığımız için herkes ayaklanıyor. Annem aşağı inip bizi toparlıyor ve eve çıkarıyor.

"Leş gibi rakı kokuyorsunuz. Ağzınızla içmediğiniz belli. Üç kız, bu saatte..."

"Anne, Sinan'a mesaj attım."

"Bu halinle mi, daha önce mi?"

"Bu halimle."

"Aferin kızım."

"Seni seviyorum, özledim dedim. Saklamanın bir lüzumu yok artık. Seviyorum Sinan'ı anne."

"Bakayım şu mesaja."

Gururla uzatıyorum telefonumu anneme. Ekrana önce belli bir mesafeden, sonra yaklaşarak bakıyor.

"Efsun bu ne?"

Salonumuzun tavanında ışıldayan dokuz ampullü avizenin altında telefonun ekranına bakıyorum.

Alıcı: Sinan
Mesaj: Gılı gılı

Telefonu kapatıyorum. Bu mesajın üzerine Sinan'ın bana cevap göndermesini bekleyecek kadar saf değilim.

Sabahın yedisinde uyandım, şu anda saat on iki, hâlâ Sinan'dan cevap bekliyorum. Yatağımın üzerinde otururken telefonu göğsüme bastırıp Sinan'a düşünce gücüyle ulaşmaya bile çalıştım.

Annem odama dalıyor. "Hazırlan hemen. Mehmet seni bekliyor kapıda."

Bir an Sinan seni bekliyor dedi gibi geldi, yüreğim ağzımdan çıkacaktı. "Mehmet kim?"

"Murat'ın kuzeni. Hani düğünde yanına oturmuştu."

Neylere üfleyen çocuk. Adı Mehmet miymiş?

"Yanıma zorla oturtmuştunuz, evet hatırlıyorum da hayırdır, niçin bizim kapıda kendisi?"

"Seni çok beğenmiş. Görüşmek istediğini söylemiş teyzene. Dün evi aradı, seni öğlen yemeğine davet etmek için."

Kuyruklu yalan. Çocuk benden hoşlansa benim cep telefonumu alırdı. Annem çocuğu zorla bulup aramadıysa ben de Efsun değilim.

"Anne, o çocukla yemek yemem söz konusu değil."

"Hazırlan dedim. O kadar."

Mehmet'le İstanbul Modern'in restoranındayız. Siparişimizi verdik ve son yirmi dakikadır birbirimize tiksintiyle bakıyoruz. Yine kravatını sımsıkı bağlamış. Çalıştığı banka Karaköy'de olduğu için buraya getirmiş beni. Ayrıca öğle arasında sanat eseri görmek içini açıyormuş. Geyik ya... Elimdeki bir bardak suyu içmek şu an için en heyecanlı aktivitem. Bitmesin diye bardağımdan küçük yudumlar alıyorum.

"Önümüzdeki ay terfi edeceğim bankada."

"Sürprizlerle dolusun Mehmet."

"Sen niye bu kadar nemrut ve iticisin?"

"Nemrut ve iticiysem beni neden yemeğe çağırdın?"

"Ben çağırmadım, annen ayarladı. Telefonumu Murat'tan almış."

"Hiç şaşırmadım. İstediğin zaman kalkabiliriz."

Masamız bir sessizliğe gömülüyor.

"Mehmet, bir şey söylemem lazım sana."

"Söyle."

"Ben başka birine âşığım."

"Ben de geyim."

İçtiğim su, burnumdan fışkırıyor. Peçeteyle yüzümü silip Mehmet'e bakıyorum. Gayet ciddi.

"Sinan'a mı âşıksın sen?"

"Evet, nereden anladın?"

"Düğünde ona bakışlarını gördüm."

"Yapma ya... Anlaşılıyor muydu o kadar?"

"Yani, ben anladım. Çocuk yıkılıyor zaten, âşık olunası yani... Memnuniyetle Sinan'ın ailesine damat olarak giderdim içgeysi olarak. Yalnız o buketi güvercin gibi havada yakalamana çocuk nasıl bir tepki verdi bilmiyorum."

"Ağzıma sıçtı."

"Haklı."

"Onu kaybettim."

"Hemen pes etme. Mesaj attın mı hiç?"

Gılı gılı diye bir mesaj attığımı söylemeyeyim ki durduk yere zekâmdan şüphe etmesin!

"Sorma... O kadar düşünüp taşınıp saçma sapan bir şey attım sonunda."

"Sarhoşken mi attın, ayıkken mi?

"Sence?"

"Kızım, böyle durumlarda yapman gereken şey, alkol aldığın zaman yanında adam akıllı birinin olması."

"Benim yanımda iki aptal sarışın vardı."

"Bravo."

"Evini biliyor musun?"

"Evet. Hâlâ eski evde oturuyor. Ailesiyle yaşadığı..."

"Eski ev ne demek? Siz ne zaman tanıştınız?"

"Lise 1'de."

"Aklın ancak mı başına geldi bu kadar yıl sonra?"

"Of... Sorma."

"Git evine, tut kolundan konuş."

Bir düşünüyorum. Hiç de haksız sayılmaz. Sevdiğim adamı geri kazanmak için bir şeyler yapmalıyım yoksa çok geç olacak.

"Efsun."

"Evet?"

"Burası içimi sıktı, birlikte gidip güzel bir mantı yiyelim mi?"

"Bol sarımsaklı olsun."

"İşe döneceğim ama yiyelim tamam."

"Haydi kalk o zaman sıvışalım şuradan. Baydı beni burası."

O gün, Mehmet'le İstanbul Modern'den çıkıp o salaş iskemleli mantıcıya giderken ilk defa gerçek bir dost kazanmak üzere olduğumu hissettim. Olacakla öleceğe çare yok. İlişkiler de böyle akıp yolunu buluyor kendi kendine. Hem de en ummadığın zamanda. Kullanmayı pek sevmiyorum ama hayatımızda tek bir gerçek var: kısmet. Benim kısmetimde Sinan var. Sinan'ın evine gidilecek ve onunla konuşulacak. Stop.

XIV

KÜRK MANTOLU EFSUN

"İçimde onu kaybetmiş gibi değil, asıl şimdi bulmuş gibi bir his vardı."

Göz kapaklarım ağırlaşıyor... İnsan elindekilerin değerini kaybedince anlar. Ne kadar klişe bir cümle bu. Peki niye hâlâ aynı şeyi tekrarlıyoruz? Niye hâlâ inatla kaybedene kadar bekliyoruz? Salak mıyız biz?

On seneden beri belki boş yere herkesten kaçmışım, insanlara inanmamakta haksızlık etmişim. Aramış olsaydım, belki senin gibi birini bulabilirdim. Her şeyi o zaman öğrenmiş olsaydım, belki zamanla alışır, seni başkalarında bulmaya gayret ederdim. Ama bundan sonra her şey bitti. Asıl büyük ve affedilmez haksızlığı sana karşı yaptıktan sonra, hiçbir şeyi düzeltmek istemiyorum.

Raif Bey, Kürk Mantolu Madonna'sının uzun zaman önce ölmüş olduğunu öğrenir hikâyenin en sonunda. Bir ölüyü severek ve ona kızarak geçen on yıl... Raif Bey, işleri oluruna bırakmıştı. İntihar etmemişti fakat kimselere söylemeden bir gün sessizce kalbinin atışını durdurmuştu kendi kendine. Yaşayan bir ölü olmuştu.

Şükürler olsun ki Sinan hâlâ hayatta. Onunla konuşmak, hislerimi anlatmak, ayaklarına kapanıp köpek gibi özür dilemek için bir şansım var benim. Her şeyi düzeltmek istiyorum.

"Efsun, onun peşinden gidecek misiniz?"

"Evet Sabahattin Ali. Bir on yılı daha Sinan'ı özleyerek geçiremem."

"Âşıksınız."

"Çok... Sabahattin Ali, gerçek dünyaya dönmemin vakti geldi. Bunca yıl bir hayaletle dostluk kurdum. Buna bir son vermem gerekiyor."

"Bir daha görüşmeyecek miyiz?"

Gözümden inmeye hazırlanan yaşlar göz pınarlarımda siper almış durumda. Biliyorum, hakiki bir dostu öylece bırakıp gidemezsin. Ama ya o hakiki dost bu dünyadan değilse, o zaman ne yaparsın?

"Görüşmeyeceğiz. Üzgünüm. Bize ayırılan sürenin sonuna geldik."

"Sizi anlıyorum... Bu kürk manto benim size hediyem olsun. Siz de Sinan'ın Kürk Mantolu Madonna'sı olun. Raif Bey yapamadı. Siz kavuşun Sinan'a."

"Beni affetmesi için elimden geleni yapacağım."

Daldığım uykudan uyandım. Dışarıda yağan yağmur odamın camında tıkırdıyor. Kaybedecek vaktim yok. Yataktan fişek gibi fırlayıp çıplak ayaklarımla yatağımın yanındaki gri halının üzerine dikiliyorum.

O da ne? Tam orada, çalışma masamın tahta sandalyesinin üzerinde kürk bir manto asılı. Vizon mu bu? Şaka mı? Daha uyanmadım mı?

Delirdiysem de vatana millete hayırlı olsun diyerek kürk mantoyu kaptığım gibi yirmi beş saniye içinde kendimi sokak kapısının önünde buluyorum. Sinan'la konuşmalıyım. Hem de hemen. Yüklerimden kurtulup hafiflemenin zamanı geldi artık.

Taksiye nasıl bindim, Sinan'ın evini nasıl tarif ettim ve şu anda onun apartman kapısının önünde nasıl bir kararlılıkla duruyorum, defalarca sorsanız da anlatamam. Yağmur damlaları yüzüme sivri sivri çarparak canımı acıtıyor. Kalleş damlalar. Yanımdan gelen geçen insanlar, sırtımdaki kürk mantoya bakıyor. E tabii bu mevsimde bunu giyene manyak derler. Uyuz kediye dönmüş bir halde Tarabya'daki bu beş katlı apartmanın kapısında nöbette bekliyorum.

Sinan'ın zilini çalıyorum. Art arda belki yirmi kere zile basıyorum, kapıyı açan yok. Olsun, beklerim sabaha kadar, hiç sorun değil. Gerekirse günlerce beklerim. Onunla konuşana kadar buradayım.

Tam dört saat oldu. Ne apartmanmış kardeşim. Kimsenin akrabası, sevgilisi, metresi yok mu burada? Bu kapı hiç mi açılmaz? Dizkapaklarım "*Artık kavallara yüklenmekten bitap düştük*" sinyali veriyor. Keyifleri bilir. Gerekirse diz kapaklarımdan aşağısı kopabilir. Bana tek lazım olan şey ağzım, çünkü Sinan'la konuşmam lazım. Yeter ki çenem kopmasın. Şu anda doğa tamamen bana cephe almış durumda. Hızlanan rüzgârla birlikte yağmur daha şiddetli yağıyor.

Ve sonunda Sinan geliyor. Can havliyle önüne atlıyorum.

"Sinan, konuşmamız lazım!"

"Bu halin ne Efsun?"

"Boş ver halimi şimdi. Seninle konuşmam lazım."

"Konuşacak bir şeyimiz yok Efsun. Kusura bakma, bir arkadaşım gelecek, eve çıkmam lazım."

"Hangi arkadaşın gelecek?"

Sinan bir an sakinleşip gözlerini gözlerime dikiyor.

"Sana ne?"

Hop, Lise 1'e ışınlandık. Okulun ilk günü, okul çıkışındayız. Servis listeleri asılmış. Listelerde ismimi arıyorum. Başka kimler var diye bakarken Sinan'ın ismini görüyorum. Sonra servisi bulup biniyorum. Sinan, en arka koltukta cam kenarında oturuyor, kulağında kulaklık var, müzik dinliyor. Gömleğinin kollarını sıyırmış, bir eliyle camda tempo tutuyor. Umursamaz bir hali var. Gerçekten çok yakışıklı ve cool. Elimle dizini çekmesini işaret edip ben de öbür camın kenarına oturuyorum. Ilık bir Eylül olması gerek fakat o gün hava soğuk, servis hareket edince aramızdaki koltuklarda sağa doğru ilerleyip omzuna dokunuyorum.

"Pardon, camı biraz kapar mısın?"

"Niçin?"

"Üşüdüm."

"Bana sıcak geliyor."

"Havaya baksana, bildiğin soğuk, kapar mısın şu camı?"

"Kapamayacağım."

"Gıcık mısın ya sen?"

"Sana ne??"

Hayır, o zaman söylediği "Sana ne?" ve az önce söylediği "Sana ne?" arasında dağlar kadar fark var. O zamanki "Sana ne?", beni ona karşı hınçla dolduran, sonra da âşık eden bir "Sana ne?" idi. Nefretle başlayan aşklar bir başka oluyor. Lise 1'in ilk gününün akşamı, bana bunu söyledikten sonra benim indiğim yerde servisten inmişti. Ben tabii sinir küpü, Sinan'ın kafasına çantamı geçirmek istiyordum.

"Efsun?"

"Sen benim adımı nereden biliyorsun?"

"Sen benimkini bilmiyor musun?"

Bir şey söyleyememiştim. İki insanın kalbine aynı anda mı saplanmıştı bir ok? İkimiz de o ilk gün, birbirimizi fark edip birbirimizin isimlerini mi sormuştuk birilerine?

"Kusura bakma, bizimkiler dün büyük tartıştı. Çok moralim bozuk. Eve gidip ne annemi ne babamı görmek istiyorum."

Bizim apartmanın karşısındaki kaldırımda, öylece kalbini açıvermişti bana bir anda. Şimdiki ilişkilerimizde karşımızdakine güven duyup da özelimizi anlatmamız ne kadar uzun sürüyor, siz düşünün. Haydi anlattın diyelim. Düşünmeden konuştuğun her şeyin bir gün masaya gelen hesap gibi önünde bitivermesi işten bile değil.

"Benim eve gitmem lazım, annem deliye dönecek."

Kızgındım ya, o anın ne kadar özel olduğunu idrak edemeden karşı kaldırıma geçtim. Hızlı adımlarla apartmana doğru yürüyüp arkamı döndüm. Hâlâ duruyordu karşı kaldırımda.

"Bize gelmek ister misin? Bugün Pazartesi, annemin altın günü... Kesin pasta börek vardır."

Hiç cevap vermeden, lacivert okul çantasını yerde sürükleyerek, usulca benim olduğum kaldırıma geçti ve beraber bizim eve çıktık. Kapıyı açan annem şaşırdı tabii bu çocuğun nereden çıktığına. Evde zaten otuz tane kadın salonun her bir köşesinden çaprazlama birbiriyle bağıra çağıra konuştuğu için bizi ayak altından çekmek üzere elimize birer tabak hamur işi ve birer bardak çay tutuşturarak benim odama gönderdi. Şu an hatırlıyorum da annemlerin arkadaşları varmış bir zamanlar. Şimdi niye birbirine kaldı ki bizimkiler?

Sinan'la odama girdik. Sessizce tabağımızdakileri yedik. Masamın üzerindeki *Kürk Mantolu Madonna* kitabını gördü.

"Bu bizim bildiğimiz şarkıcı Madonna mı?"

"Hayır. Maria Puder, romanın başkahramanı."

"Çok kitabın var. Hepsini okudun mu?"

"Evet."

"Niye televizyonun yok odanda?"

"Sevmiyorum televizyon seyretmeyi."

"Senin daha önce erkek arkadaşın oldu mu?"

"Ne alaka ya?"

"Merak ettim."

"Hayır, olmadı."

"Hiç biriyle öpüştün mü?"

"Manyak mısın ya sen?"

"Söylesene."

"Hayır!"

Dememle birlikte elindeki tabağı çalışma masamın üzerine bırakıp iki adımda yanıma gelerek dudaklarıma yapıştırdı dudaklarını. Şok olmuştum. O şokla onu sertçe ittim.

"N'apıyorsun be sen?"

Hayatımızda dönüm noktalarımız var. Her an bir kapıyı kapayıp başka bir kapıyı açıyoruz. Sonra belki kendimize kızıyoruz fakat aslında akışı kendimiz belirliyoruz. Ben, on altı yaşımda, Sinan'la odamda yalnız kaldığım ilk anda belki utandığım için, belki de geri zekâlılıktan, o kapıyı bir daha açmamak üzere kapadım Sinan'a. Ona aşkımı değil, arkadaşlığımı verebileceğimi söyledim. O da buna razı oldu. O günü, bugün yaşıyor olsaydım bu öpücüğe karşılık verir, onu asla bırakmazdım.

Bu pişmanlığımı on küsur sene kalbimin üzerine oturan bir tenis topu gibi taşıdım. Gururum engel olduğu için, birlikte geçirdiğimiz her gün ona duyduğum aşkın büyümesine rağmen hiçbir şeyi belli etmedim. İsviçre'ye giderken "Gitme" demedim. Bana yazdığı mektuplara cevap vermedim. O bana elini uzattı, ben sadece onu dinlemek için kulağımı uzattım. Ve tüm bunlardan geriye kendime kocaman bir boşluk bıraktım. Geçmişe saplanmak mı dersiniz bilmiyorum fakat aşk, insanın karşısına gerçekten çok nadir çıkıyor. On altı yaşında, içimiz henüz saf ve tertemizken aşkı bulmak daha olası. Peki ya şimdi? Şimdi her şey daha zor değil mi?

"Ne zamandır buradasın sen?"

"Dört saattir."

"İstersen yirmi dört saat bekle. Seninle gerçekten konuşmak istemiyorum."

"Monolog olsun, ben konuşurum."

"Efsun, lütfen zorlama. Bitti. Kapandı bu konu."

Sinan bir dilenci gibi koluna sımsıkı yapıştırdığım elimi sert bir hamleyle itiyor. Apartmanın kapısından içeri giriyor ve kapı kapanıyor.

Apartmanın önünden geriye doğru dört beş adım gidiyorum. Dört saattir sadece Sinan'ın ziline mi bastım sanıyorsunuz? Tüm kat sakinlerini yokladım. Kapıyı açan yok. Apartman görevlisi de ortalarda görünmüyor. Ne yapmalı, ne etmeli? Bir oyunbazlık, bir şeytanlık...

O sırada gür kızıl saçları beline kadar uzanan çubuk kraker inceliğinde bir kız tiz topuk sesleriyle yanımdan geçiyor. Bunun adı kesin Begüm'dür bak. Kız tam içeriye girmek üzereyken yüksek sesle soruyorum.

"Pardon, isminiz neydi? Bir arkadaşıma benzettim."

"Begüm."

Yok artık!

"Kapıyı tutar mısınız lütfen?"

Nihayet apartmanın içine sızdım. Ordular, hedefiniz dördüncü kattır, ileri! Merdivenleri üçer beşer çıkarak Sinan'ın kapısının önüne soluk soluğa ulaştım ve zile basmaya başladım. Ve nihayet kapı açıldı.

"Efsun, zorlama artık."

"Bu kadar zamandır zorlamadığım için böyle oldu zaten. Seni bırakamam. Beni dinleyeceksin."

"Nikah masasına oturtmadan bırakamazsın, değil mi?"

"Lütfen beni bir dinle. İçeri girebilir miyim?"

"Hayır."

Diyor fakat ben kapının pervazına dayadığı kolunu vahşi bir hayvan gibi itip içeriye giriyorum. Yetti gari!

Evin planı dün gibi aklımda. Sol tarafta kocaman bir salon, onun yanında kocaman bir mutfak, uzun bir koridora sıralanmış kocaman beş oda. Eşyalar değişmiş. Salona geçip koltuğa oturuyorum. Şu anda tam anlamıyla istenmeyen bir misafirim. Sinan kapıyı kapayıp önüme dikiliyor.

"Efsun bu kadar mı çaresizsin?"

"Evet, şu anda bu kadar çaresizim."

"Şu andan bahsetmiyorum. Evlilik manyaklığı bu kadar mı başına vurdu? Eskiden sana bakınca gerçekten hayranlık duyardım. Şimdi acıyorum."

Damarına basmak diye buna denir. Bakalım istenmemeye ne kadar dayanabileceğim.

"Bir duruşun vardı. Ben buradan giderken bambaşka bir Efsun bırakmıştım arkamda. Bu kadar yıl hep o kızı düşündüm. Sen neye dönüştün böyle? Ne kafalardasın?"

"Gitmeseydin o zaman buralardan!"

"Ya deli misin kızım sen? Ne demek gitmeseydin? Gitme deseydin o zaman! Sır gibi ortadan kayboldun. Seninle karşılaşmasaydık ne olacaktı?"

Son çarem elektrikçi Mehmet Lütfi'ydi valla.

"Hepsi benim suçum özür dilerim. Sinan, bir dinle lütfen. Sen gittiğinden beri hiçbir şey tam olmadı. Hayatıma saçma sapan insanlar girdi. Bunlarla debelenip durdukça iyice içime kapandım. Sanki şimdiye kadar başıma gelen en güzel şey sendin, sanki tüm bunlar bir filmdi de uzun bir ara verildi. Şimdi sen karşıma çıkınca filmin ikinci yarısı başladı."

"Koptu o film."

"Dinle. Yalnızlık gerçekten başıma vurdu. Sadece yalnızlık değil aslında, hayatıma senin kadar anlam katan kimse olmadığı için yalnız hissettim. Herkeste seni aradım. Seninle tekrar karşılaşmadan önce kafayı yemek üzereydim. Korktum bu hayatta bir başıma kalmaktan. Sonra bir baktım çevreme, tüm kızlar patır patır birilerini buluyor. Herkesin oynadığı bir oyun var. Masumiyet çağı bitmiş. Havuz problemi çözer gibi birilerinin hayatına girmeye çalışıyorsun. Ben kendim gibi davranarak erkekler konusunda hiçbir başarı elde edemedim anlasana. Beni senin gibi gören kimse çıkmadı. Bir şeyler yapmam gerek, bu kafayı değiştirmem gerek sandım. Korktum ya, korktum!"

Sinan son cümlelerimi tam anlayamamış olabilir çünkü hıçkırarak ağlamaya başladım. Salyam sümüğüme, o sümük gözyaşıma karıştı, füzyon olayına yeni bir boyut kattım. Sinan hâlâ önümde put gibi duruyor. "Ağlama, canım benim", "Dur sana bir peçete getireyim" falan yok. Sinan'ı bu kadar da kızdırmış olamam.

"Mutlu musun Efsun?"

"Manyak mısın be, oradan mutlu gibi mi görünüyorum?"

"Onu demiyorum, aramıza bu kadar yıl soktuğun için."

"Ya Sinan, gebereceğim acımdan. Ne mutluluğu?"

O an anladım. Benim evlenmek için can atan nevrotik hallerime değil, onu bırakmama kızmıştı Sinan. Hem de çok kızmıştı.

"Madem senin için bu kadar değerliydim, tüm bu duyguların nasıl bu kadar çabuk bitti? Ne yapabilirim Sinan? Lütfen onu söyle bana. Ne istersen yaparım."

"Git lütfen."

Ben ona "Gitme" diyememiştim, o bana "Git" diyor. Peki. Gideceğim.

Oturduğum koltuktan ağır çekim kalkıp kapıya doğru ilerliyorum. Kapıya doğru yaklaştığımda dengemi kaybedip elimle duvara yaslanıyorum. Tansiyon düşüklüğünde zirve noktasındayım sanırsam. Ne kindarmışsın be Sinan...

"Seni aşağıya bırakayım. Yüzün bembeyaz oldu."

Cevap verecek halim yok. Kafamı yavaşça 'peki' manasında sallıyorum. Daha fazla yapacak bir şeyim kalmadı.

Asansörü çağırıyor, beraber biniyoruz. Sinan'ı tamamen kaybettim. Zaten kafam gidikti artık temelli koparım herhalde bu hayattan. İçim nasıl acıyor anlatamam. Sinan asansörde bir nefes uzağımda fakat bundan sonra hiçbir zaman beni sevmeyecek. Bitti.

O anda, asansörün "Dur" düğmesine basıyorum ve asansör sertçe yerinde zıplayarak duruyor.

Sinan "Ne yapıyorsun?" diyemeden ellerimle yanaklarına yapışıp onu aynaya doğru sertçe yaslıyorum. Vücudum da onun vücuduna yapışmış bir halde öyle göz göze üç saniye kadar durduktan sonra bu kez dudaklarımı dudaklarına yapıştırıyorum. Sımsıkı kapadığı dudakları cayır cayır yanıyor. Dudaklarını aralamamak için direniyor, direniyor... Sonunda aralıyor. O da benim yüzümü kavrıyor elleriyle. Sanki birbirimize doyamıyoruz. Dudaklarımı ısırıyor. Nefes almadan, sonsuza dek sürecekmiş, böyle kalacakmışız gibi bir hisle devam ediyoruz. Ellerini yanaklarımdan indirip belimi sıkıca kavrıyor, kendine daha da yaklaştırıyor. Erimek üzereyim...

Sonra birilerinin seslerini uzaktan duymaya başlıyoruz. "Asansörü şimdi çalıştırıyoruz, panik yapmayın!" diye. Biz zaten şu anda kendi paniğimizi yaşıyoruz. Bu asansörü çalıştıranın..!" diye geri bağırasım geliyor.

Ve asansör aşağı inmeye başlıyor. İkimiz de sanki ringdeymişiz gibi iki ayrı köşeye dağılıyoruz. Aynaya bakıyorum, dudaklarım şişmiş, kıpkırmızılar. İkimiz de nefes nefeseyiz. İnsanın gerçekten âşık olduğu biriyle öpüşmesi böyle bir şeymiş demek ki. Asansörün düğmelerine bakıyorum, birinci kata iniyoruz. İnceldiği yerden kopsun, dayanamayacağım söylemem lazım!

"Sinan."

"Söyle Efsun."

"Benimle evlenir misin?"

DEX Plus'tan çıkan diğer kitaplar:

Adanmış Güzellik, Georgia Cates

Kocan Kadar Konuş I Diriliş, Şebnem Burcuoğlu

Dengesiz Bir Adamın Anatomisi, Duygu Özlem Yücel

O Adam Buraya Gelecek, PuCCa

Kişisel Gerilim, İdil Hazan Kohen

Hep Seni Bekledim, Jennifer L. Armentrout

Vahşi Adam, Kristen Ashley

Gizemli Adam, Kristen Ashley

Duvarların Dili Olsa, Alice Clayton

Kış Güneşi, Jennifer L. Armentrout

Acıtan Güzellik, Georgia Cates

Saplantı, Jennifer L. Armentrout

Dublin Caddesi, Samantha Young

DEX
PLUS